En tale fra 60-meteren

James A Lee

Innholdsfortegnelse

Den gamle indiske stien

Jeg vokste opp på sanden og i trærne i nordvestlige Indiana. Vi levde omtrent 8 km mens en kråke flyr fra den ekstreme sørøstlige spissen av Lake Michigan, eller som indianerne kalte det, Lake Michi Gamy. Den kanadiske vinden blåste fra northwest og ond fuktighet fra den kalde innsjøen, og deponerte store mengder fuktighet rundt hjemmet vårt. Vi hadde kraftig regn i halve året, og dyp våt snø for den andre halvdelen. De ekspansive sanddynene på den sørlige delen av den store innsjøen strakte segmilevis utenfor kysten og ble dannet av en massiv isbre på slutten av siste istid for ti årtusener siden. Den gamle hardvedskogen vokste seg høyt rundt sandmyrer og bekksenger.

Foreldrene mine fulgte min bestemor på farssiden fra Chicago til northwestern Indiana. Hun hadde giftet seg med en velstående grunneier, som var sønn av tidlige nybyggere i denne regionen av Indiana-områdene. Han ektemannet tusenvis av hektar med fersken og eplehager som strakte seg inn i Michigan-åssidene. Da jeg var fem, bygde faren min et hus i ranchstil med kjelleren dypt ned i sanden ikke langt fra de vidstrakte frukthagene. Skogen var ryddet fra tjue dekar, som hadde blitt plantet med soyabønner. Det nye hjemmet satt sterkt midt i dette arret i ancient skogen. Festningsmuren av trær som omringet oss ble brutt av en mørk åpning som hadde blitt brukt av indianerne som en sti mellom Lake Michi Gamy og en skogrydding av innsjøer i det som nå kalles byen

La Porte; "Døren" ut av skogen. Selv om Potawatomi hadde blitt renset fra dette landet, over et århundre og et kvarter før, forble denne arborealåpningen klar av undervekst som om den ventet på å komme tilbake til sin tidligere herlighet i menneskers liv.

Fra den tiden min gamler bror Tom og jeg var gamle nok til å våge oss inn i trærne; vi ble fanger av åndene som bodde der. Vårt virkelige hjem var i trærne, og vår tid på skolen, kirken og i byen fikk oss til å føle oss merkelig utenlandske.

Min bror Tom end jeg forlot huset tidlig om morgenen for å bli møtt av vår australske mix hund, 'Inch', som fikk navnet fordi lillebroren min, Jeff, ikke kunne si 'Prince'. Det var før hun hadde valper, og hun skulle ha fått navnet 'Prinsesse' uansett. Inch wagged hele kroppen i hilsen da vi kom ut i den kjølige, fuktige luften. Det duggete gresset tisset på skoene våre da vi krysset den overgrodde plenen og inn i buskene ut av bakdøren. Inch ledet an mot den mystiske åpningen i trærne. Vi børstet av den delikate dronning Anns blonder og fikk frøpodene til den tykke stemmed milkweed til å slippe sin hvite bomull i luften. En bølgende sky av strålende gyldne og svarte kanarifugler skygget oss et øyeblikk fra den østlige krystallsolen mens de kvitret i et kor. Den gamle indianerstien var større da vi kom oss over unge soyabønner. Den eksponerte jorden ga ut en skarp duft da skoene våre etterlot merkene sine i den fuktige leam.

Inch lukket rekker med oss da vi nærmet åpningen. Hun så seg ofte tilbake for å forsikre seg om at vi sto like bak. De svarte valnøtttrærne vokste i statur da vi kom inn under deres utstrakte boughs. Det mørke råtnende kjøttet som dekket de nye valnøttene var glatt og avgir en stygg lukt når den ble tråkket på. Gooen dekket sålene våre og holdt seg til sidene av skoene våre. Løypa var mye bredere enn det som hadde dukket opp på avstand. Grenene som dannet det buede baldakinen over stien var tjue eller tretti fot over hodene våre, og morgensolen begynte å dimme. Det var low voksende eføy og hvite tre-spisse trillium blomster stiger over en tykk matting av nedbrytende blader. En skarp jordisk duft fylte hodene våre, og øynene våre justerte sakte til dimmelyset. Gnister av sollys glitret gjennom grenene og bladene til de gigantiske eikene og sycamores. Vi kunne ikke lenger se langt ned stien da vi gradvis gikk ned bladet som dekket mot en myr. I motsetning til en sump av mørk gooey muck vanlig andre steder, ga sandjorden våtmarker av krystall water fylt med oransje myrmallows omgitt av bregner med små ville fioler ved foten. Vi var alltid forsiktige med å lete etter oppbrønnende vann gjennom sanden som kunne indikere en kvikksand. Vi gikk stille og snakket sjelden. Vår lille brune og hvite langhårede hund gikk i nærheten av oss enten for å beskytte oss mot usynlige farer eller ute av forræderi. Vi var våken for å oppdage den hvite tippede buskhale av en unnvikende rev, eller krusningen av vannet som en slange funnet helligdom i cattails. Vi rarely kunne snike oss opp på et myrlendt område uten froskene hysjing eller de malte skilpaddene glir av sine soling logger i vannet.

Eikene og valnøttene hadde vanligvis sine første grener altfor høye fra bakken til å være gode trær å klatre. Vi må ogsåse på forgreningsstrukturen slik at når vi først steg opp, kunne vi finne tilstrekkelige håndgrep, og at beina våre kunne nå mellom grener på lavere nivåer. Dypt langs den gamle stien spionerte vi et massivt jernved med sine glatte hudlignende grå bark som dekket ribbete tentakler som ekspanderte og løp inn i jorden som store fingre som klamret seg til jorden. Vi grep tak i fremspringene av tre, som føltes varme og levende i våre hender, da vi beveget oss forsiktig opp til

bagasjerommet til de første enorme horisontale boughs. Vi forlot

skoene våre ved foten av treet, bevoktet av Inch, fordi vi trengte

fingerferdigheten til føttene våre plantet inn i innrykkene i barken

som vanskelige hender for å hjelpe oppstigningen vår. Tom fant

den vanskelige stien opp bagasjerommet, og jeg fulgte etter. I

bakhodet innså vi at nedstigningen ville være mye farligere, men

det var ikke tid til å tenke på det nå. Da jeg endelig nådde hånden

min opp rundt den første bough, hjalp Tom meg opp i et glatt bredt

sete mot stammen av treet. Jeg fikk pusten, så ned på pelsflekken

mellom to fingre rot mens hun stirret lengtende opp.

Jeg kjente brisen mot ansiktet mitt og undersøkte grenene

av nærliggende trær. Jeg kikket så over hodet til neste sett med

grener og følte atmin tomach steg opp i halsen min med

svimmelhet. Det påfølgende trinnet ville ikke være lett. "Jeg skulle

ønske vi tok med et tau," sa jeg stille. "Yeah", svarte Tom da han

også så opp. Vi snakket sjelden sammen. Det var unødvendig å

verbalisere det åpenbare, og siden vi oftest tenkte det samme, var

det en liten grunn til å gjøre det. Noen ganger ville en av oss si noe

bare for å bryte stillheten et øyeblikk.

En kardinal landet på en nærliggende gren og begynte å

snakke med oss. Den knallrøde fuglen prøvde å fortelle oss noe;

kanskje han ikke visste at vi bare var barn. Jeg hørte på hans vakre

bønn. Jeg tenkte for meg selv: "Jeg er lei for det. Jeg kan ikke noe

for det," mens jeg stirret tilbake. "Hva er det med den fuglen? Han

virker som om han prøver å snakke med deg," spurte Tom. "Jeg vet

ikke," svarte jeg . Jeg reiste meg på den massive grenen og så opp.

Tom hadde sklidd rundt bagasjerommet, ute av syne, og jeg hørte ham si: "Jeg tror jeg har funnet en måte."

Jeg klemte den glatte jerntrebarken da jeg nådde foten rundt til den andre hovedgrenen. Tom satt langtute på lemmen og dinglet føttene og pekte opp for meg å se. Stammen skråner gradvis utover på denne siden. Grenen over var litt nærmere overhead, men fortsatt utenfor rekkevidde. Den glatte barken hadde fremtredende ribber som ville gi et tøft grep. Jeg tok tak i bagasjerommet med utstrakte hender og klatret opp så langt jeg kunne. Tom dyttet opp på mine bare føtter da jeg klamret meg til treet og kom høyere. Da Tom hadde forlenget armene og opp på tærne, kunne jeg nå øvre lem. Jeg pakket den ene hånden rundt grenen, og til slutt den andre til jeg kunne trekke kroppen min over toppen. Jeg satt ved grenen og fikk pusten. "Hvordan er utsikten?" Spurte Tom spøkefullt.

Sollyset danset mellom grenene og glitrende blader. Jeg så ned mellom trærne, og på avstand kunne jeg se et solfylt våtmarksland glitre stille. De nærliggende trærne så ut til å utstråle levendehet når de ble sett innenfra. Den massive jernveden aksepterte oss i sin verden. "Det er greit," ringte jeg mens jeg looked over kanten av grenen for å se min brors kropp flådd ut flatt mot bagasjerommet. Hendene hans klamret seg til de bjeffede fremspringene, og tærne hans fant fotfeste i de konkave innrykkene mellom ribbeina. Sakte krøp han opp treet og så noe like en frosk med armer, ben, fingre og tær utvidet i omfavnelse på den massive stammen. Til slutt var han nær nok til at da jeg lå på magen min over bough, utvidet jeg en hånd for ham å gripe. Forsiktig frigjorde

han en hånd fra bagasjerommet og klemmer my utstrakte fingre.
Han satt snart ved siden av meg.

Jeg fant et sete mellom to grener på bough og la bena mine
dingle høyt over det bladdekkede gulvet. Inch satt lydig ved foten
av den skrånende kofferten og voktet skoene våre og utgangen vår.
Branchen svingte forsiktig i en myk bris som rørte bladene høyere
opp, men skogbunnen forble stille. Klatringen ville være lettere nå
fordi grenene var nærmere hverandre og det var mindre grener å
forstå. Tom begynte allerede å klatrelavt til neste sett med
hovedgrener. Han adlød alltid topunktsregelen. Enten hadde du en
fot og en hånd festet på to grener, eller to hender lås på grener
mens føttene dinglet eller ble balansert prekært på to føtter. Tre
poeng med attachment var bedre, men vanligvis en luksus. Vi visste
at som barn hadde vi en instinktiv tilhørighet til å klatre i trær.
Voksne mistet sin medfødte evne til å klatre og var for alltid etter
bestemt til å gå bare på jorden. Vi innså selv da at vårt liv i trærne
ville være flyktig, og som med alle ting midlertidig og er kjent for å
være slik, blir opplevelsen mer intenst følt.

"Hei, dette er kult her oppe. Jeg kan se huset. Mamma
jobber utenfor og legger på klesvask. Hun ville hatt en ku hvis hun
visste hvorhun var. Ha! Kom opp," ropte han ned til meg med bare
føttene hengende høyt over. Jeg fulgte den samme stien han
hadde tatt fra gren til gren rundt bagasjerommet til jeg klatret opp
på en tilstøtende lem fra der han satt. Brisen var sterkere nå, og
grenenehadde større sving. Det var gøy å føle treet rytmisk bevege
seg til og fra. Jeg begynte å føle meg svimmel, og vi hadde begge
ukontrollerbare glis i ansiktet. Jeg så gjennom bladene for å se
mamma henge klær på kleslinjen. Jeg kunneikke høre henne synge

mens hun jobbet. Nå var vi glade for å klatre så høyt vi kunne og ta en tur på de øverste grenene.

Grenene var mindre og tettere sammen da vi klatret. Ironwood er et sterkt tre, og vi fryktet ikke å brytegrenens. Vår største bekymring nå var å finne et komfortabelt sted å sitte da vi stoppet på oppstigningen for å nyte utsikten. Vi kom endelig til det siste settet med hovedgrener og hengte føttene over det som så ut til å være hundre meter fra bakken. Jeg har alltid syntes det var nysgjerrig at perspektivet med å se opp til en høyde og å se ned fra samme høyde kunne være så annerledes. Vi så ut på gårder og, veier og bekker. Biler og mennesker og hus og kyr så små ut. Vi var ikke lenger av det world. Vi eksisterte i et magisk rike av ideer og fantasi som for øyeblikket i det minste ble koblet fra det verdslige.

"Hold ut!" Tom ropte: "Vinden sparker opp!" Vi kunne se vinden kruse gjennom bladene til de andre trærne til vi kjente den på ansiktene våre, og treet begynte å svinge. Vi fniste mens vi holdt fast og beveget oss med de øvre grenene frem og tilbake. "Det var ryddig!" Jeg utbrøt begeistret, noen adrenalin fortsatt coursing gjennom mine årer. "Det var veldig kult," sa Tom da han fikk pusten. «Synes du vi skal begynne nå?» la han tilfeldig til. " Jeg antar at mamma vil spise lunsj klar ganske snart. Du vet hvordan hun hater det når vi er sene," svarte jeg like faktisk.

Før vi begynte å klatre ned, hørte vi et skrik i luften over oss. Noen kråker kom for å uttrykke sin misnøye over vår inntrengning i deres territorium. De skrek sine mørke intensjoner seg imellom, tok noen dykkerbombepass nær grenene som vi klamret oss til, og fløy back til et høyt dødt tre for å bli med sine medmennesker. "Fordømte kråker," skrek Tom og følte seg sårbar.

"Se der! Det er et helt mord på kråker!" Jeg utbrøt. Siden vi fant ut at en gruppe kråker ble kalt et "mord", kunne vi ikke motstå å gjentadet når muligheten for tiden er i seg selv. "Det er et stort mord på kråker!" Tom var entusiastisk enig. "Drittsekkene," la han til. "Uh oh, jeg tror de kommer tilbake!" sa han da vi begge scrambled ned de små oppreist grener. Vi hørte deir triumferende ropene over hodet da vi beveget oss lavere.

En irritert ekorn snakket mens vi satt dangling føttene av sidene av det høyeste settet av hovedgrener. Han skjelte oss ut fordi vi invaderte treet hans. hans store buskete røde hale beveget seg sakte ned og dukket deretter opp som et utrop mens han snakket støyende. "Pokkers ekorn," snappet Tom da vi gled ned bagasjerommet, som var lite nok til at vi kunne få armene våre mesteparten av veien rundt den. Vi kom langsomt ned i det store treet da solen beveget seg høyere. Vi came til det andre settet av hovedgrener og så langt under til de første boughs. Tom hadde hjulpet meg opp dit vi satt nå da vi klatret opp for en time siden.

" Jeg skal prøve å shimmy ned på denne siden og håper jeg kommer på toppen av en gren. Når jeg begynner, vil jeg ikke kunne stoppe," sa Tom. "Jeg skal prøve å veilede deg herfra," la jeg til. Han gled over siden av den tykke grenen mens jeg holdt hendene hans, så lenge jeg kunne. Tærne hans grep etter alt som ville bidra til å bremse ham da han klamret seg til desperspiste ved barken med fingrene. Kroppen hans lå flatt mot den massive kofferten, selv hodet hans ble vendt sidelengs, da han gled nedover. "Under høyre fot, fort!" Jeg ropte desperat. Han fanget den enorme bough under sin nakne fot og trakk seg over på toppen av den, satte seg ned, så opp og sa: "Stykke kake."

Jeg kjente magen stige opp i halsen mens jeg lå på magen på toppen av den brede glatte grenen. Barken føltes myk og varm på min eksponerte hud. Jeg gled forsiktig over siden medhåndflatene mine flatt mot bough. Tærne mine søkte etter ribbet innrykk der jeg kunne få et tøft grep. Jeg slapp med en arm så jeg kunne ta et fremspring på bagasjerommet. Jeg begynte å skli da jeg slapp med den andre hånden for å ta tak i bagasjerommet. Jeg grep desperat for et håndtak, men det var for sent; Jeg gled. Ned falt jeg til jeg kjente en hånd under en fot bryte akselerasjonen min. Jeg kom ned på toppen av Tom og den massive grenen han satt på. Et "stykke pai" er enda enklere enn et "stykke kake"; Det var i det minste det vår fetter Johnny fortalte oss. "Du begynner å bli for tung," klaget Tom da han gned hånden. Inch ble mer opphisset da vi kom nærmere bakken. Hanløp rundt i sirkler og bjeffet av forventning. Tom bestemte seg for å gjøre den endelige nedstigningen. Stammen skrånet utover fra der vi satt, og ribbeina var mer uttalt. Tom gled adroitly av bough, grep fremspringene med begge hender, og spider gikk ned bagasjerommet. Han sto stille ved basen og ventet på at jeg skulle følge etter.

Hendene og føttene mine var såre på denne tiden, og det gjorde vondt å klamre seg til barken. Jeg fulgte Toms eksempel, men omtrent halvveis ned mistet jeg grepet og begynte å falle bort fra bagasjerommet. Jeg bestemte meg raskt for å skyve av med føttene slik at jeg ville fjerne røttene som utvidet seg ved basen. Jeg falt bakover og landet på en løvrik, men jeg slo hardt nok på ryggen at den slo vinden ut av meg. For noen skremmende moments, jeg kunne ikke ta pusten. Til slutt, etter det som virket som en eon, gisper jeg den kule søte luften tilbake i lungene mine. Inch benyttet anledningen til å slikke ansiktet mitt. Jeg så opp i tom og Jeffs bekymrede ansikter. "Hva gjør du her?" Jeg spurte Jeff. "Mamma sa jeg kunne komme og leke med deg. Hva gjør du?" Spurte Jeff. "Ingenting, og du bør ikke fortelle mamma!" Jeg truet. "Det gjør jeg ikke. Jeg er flink til å holde på hemmeligheter!» smilte han. Tom og jeg rullet blikket mot hverandre. Jeff var fire år yngreenn meg, og han hadde ikke begynt på skolen ennå. Tom var bare to år eldre enn meg, så vi hadde vært nærmere mens Jeff hadde tilbrakt mesteparten av sin tid vår mor. Han var mammas gutt. Han hadde også en veldig ærlig natur, og kunne derfor ikke stole helt på å keep våre hemmeligheter. "Så bann!" Jeg krevde det. Jeg spyttet på hånden og dyttet den ut mot Jeff. Han følte en enorm stolthet å bli bedt om å gi et så høytidelig løfte. "Jeg sverger," svarte han, prøvde å spytte på hånden, bommet, og prøvde deretter igjen med hell. Jeg klappet våre slurvete hender sammen for å forsegle eden. "Hva sverger jeg på, Jimmy?" spurte han skummelt. "At du ikke sier noe til mamma!" Jeg svarte krøllete. "Ok," svarte han, fornøyd. "La oss se etter pilspisser," la han til. "Den første som finner enrrowhead er vinneren!" Tom utbrøt autoritativt.

Med det kom vi oss tilbake til den gamle Indian Trail-ryddingen. Vi begynte alle å grave gjennom bladene til jorda under og brukte føttene våre til å klø under overflaten. Inch så på oss og begynte å grave hull rundt oss. Jeff gikk bort for å hjelpe Inch. Etter en stille tid med flittig leting, så jeg Tom slippe noe bak Jeff. Etter et øyeblikk hørte vi Jeff skrike: "Jeg fant en! Jeg fant en!" og etter et øyeblikk med kontemplasjonla han til: "Jeg er vinneren!" Tom passet på Jeff. Jeg har ikke alltid vært så snill. Tom gikk bort til der Jeff sto og spratt opp og ned av begeistring. "Det er en fin en," sa han etter å ha studert stykke fliset flint.

Vi samlet oss alle rundt der Jeffh unngikk prisen i sin lille hånd. Punktet og kantene på den utformede steinen var like skarpe som den dagen den ble opprettet. Den grønne grå steinens glassaktige glatte overflate gnistret hvis den holdes under et glimt av sollys som vises gjennom det tette baldakinen. Vi beundret hanshellige hensikt i ærbødig stillhet i noen tidløse øyeblikk. Jeg så opp som om det var fra en ødelagt transe. Tom fikk hodet snudd på skulderen og så bak ham. Det føltes som om en usynlig styrke så på oss. Jeg så bak meg. En sky hadde ødelagtsolen, og mørket innhyllet ryddingen. Jeg hørte en hakkespett rotte-a-tat ekko fra et usett sted i skogen. En eikenøtt falt høyt over oss og landet noen meter fra der vi sto. Jeg lurte raskt på om et ekorn hadde prøvd å slippe it på oss, som de har vært kjent for å gjøre. Mellom lydene vi hørte, ble stillheten tykkere.

"Hvorfor blir det så mørkt?" Jeff spurte, øynene hans begynte å vanne. "Jeg er redd", med det kastet han pilspissen på bladene og begynte å løpe. Ich yelped og fulgt. Tom og jeg så på hverandre og begynte å løpe mot den fjerne åpningen i trærne. Jeff var allerede langt foran da vi løp over den grønne glade. Det virket som om vi ble forfulgt; snart følte jeg at føttene mine ikke var noen longer som rørte bakken. Jeg løp i stor fart på lufta, ansporet av frykten som hadde slått seg ned i lemmene mine. Åpningen var større da vi kjørte utrettelig ut av skogen. Da vi nådde portalen, så vi fremover for å se at Jeff hadde bremset til en trav over det solfylte soyabønnefeltet ledsaget av Inch. "Jeg var ikke redd. Jeg prøvde bare å ta igjen Jeff," sa Tom. "Ikke jeg heller," svarte jeg tilfeldig mens vi gikk over banen. "Men vi bør ta igjen Jeff før han snakker med mamma." Tom nikket av bekymring. Vi brøt oss inn i en trav igjen.

Vi hørte mamma ringe da vi krysset banen: "Tommy, Jimmy, Jeffey, det er tid for lunsj!" Vi kom til bakdøren akkurat i tide til å høre Jeff erklære stolt: "Mamma, Tommy og Jimmy gjorde ingenting!" Tom og jeg ga hverandre et "uh oh" blikk. Vi gikk opp kanskje litt for tilfeldig. Mamma sto med sitt velslitte forkle som dekket huskjolen hennes og så mistenkelig på oss. "Dere to er et syn! Hva har du drevet med nå? Er det tresap under alt støvet? Du vet at jeg ikke kan få det ut av klærne dine. Vel, gå og vask deg. Det er smørbrød på bordet. Hell dere litt melk." Mamma kunne ikke bli sint på oss. Dette var omtrent like mye av en forkjølelsesom vi noen gang har fått. Hun visste at vi hadde blitt like ville som trenymfer. Hun var Tom-gutt da hun var ung, og vi mistenkte at hun klatret opp sin del av trærne da hun bodde på det norske lutherske barnehjemmet i Chicago. Hun var vår beste venn. Vi satt famished ved kjøkkenbordet. Lukten av tunfisksmørbrødene fikk oss til å salivere. Vi begynte å ulve ned maten vår. Jeff satt på den dyktige lek med sine små grønne plasthærmenn på bordet, og stoppet av og til for å ta en bit av smørbrødet hans. Vi hadde alle glemt vårt øyeblikk av redsel på den gamle Indian Trail.

Mamma kom inn og bemerket: "Jeg vil at dere to skal klippe plenen før faren din kommer hjem." Tom og jeg så på hverandre. Vi tenkte begge på den store "alvorlig" plenen mowing maskin. Den hadde et lavt, dekket roterende blad som stakk ut foran med motoren plassert i midten over to store gummihjul. Det var to håndtak som kom opp bak med clutch og bremsehåndtak festet. Motoren ble startet arbehørig med et tau som var viklet rundt et fremspring på siden av motoren. Når motoren var startet, sprutet den og spratt av en grå svart røyk periodisk i tide med avfyringen av sylinderen. Den raste og ristet og fikk håndtakene til å vibrere kraftig. Den pulserende maskinen trakk seg fremover gjennom alt som kan være i banen når den settes i gir. Vi måtte henge tett rundt hjørnene, ellers kunne vi bli kastet ut av håndtakene da det trakk oss raskt rundt. Vi så på hverandre over bordet. Vi visste begge at den første til å fullføre ville gå ut, starte den 'alvorlig', og den andre måtte vente med å ta sin tur til å kjøre den. Jeg så over bordet på Tom, snevret inn øynene og begynte å spise raskere.

Turen

Tiden kom da mamma og pappa ikke kom overens lenger. Vi hadde ikke sett mye til pappa på noen måneder og fant ut senere at han hadde en annen kvinne i byen. Mamma hadde krevd at pappa lot henne kjøre, så hun kjøpte en gammel Willies jeep som var så decrepit at detteering hjulet trenger å snu minst en kvart sving for å engasjere seg uansett. Så mamma lærte å kjøre en pinne og flytte rattet raskt frem og tilbake bare for å holde seg på veien. Selv etter å ha kjøpt en ny Chevy II stasjonsvogn, flyttet hun fortsatt steeringhjulet frem og tilbake ut av vane.

Mamma hadde betrodd oss barn at vi skulle dra etter at skolen var ute til sommeren. Vi kunne ikke si det til pappa, men vi så ham sjelden uansett. I løpet av årets siste dager sa jeg farvel til alle mine friends. Galena byskole var en liten, men betydelig mursteinsbygning med klasserommene langs omkretsen av basketballbanen og scenen i den ene enden. Klasserommene hadde hvert sitt bilde av Washington og Lincoln på frontveggen. Den satt på ti eller flere hektar klippet gress med en bakke i den ene enden som vi pleide å slede ned om vinteren. Våren spilte vi klinkekuler med kattens øyne og krystaller og stål. Jeg ville savnet den enorme svingen med metallkjeder og fiberseter som vi would flyr av på toppen hvis en lærer ikke så. Og jeg ville savnet Martha, en jente med platina blondt hår tett krøllet til hodet hennes, selv om jeg aldri hadde mot til å snakke med henne.

Vi hadde pakket klærne våre i søppelsekker kvelden før, og ved første lys begynte mammas venner å laste U Haul og stasjonsvognen. Bilen og tilhengeren satt på gruspåkjørselen med de lave punktene fylt med vann fra gårsdagens regn. Det ville ta lang tid før jeg kunne lukte den søte, stikkende duften igjen. Etter hvert som morgenen gikk, kom folk og kjøpte det mamma kunne selge for turen. Hun solgte til og med pappas dyrebare babyflygel for en pittance. Dagen gikk, og vi sa farvel til Inch , og vi var av.

Mamma prøvde å holde seg i lette ånder, men realitetenav å frakte en så tung last tok all hennes oppmerksomhet. På grunn av vekten på tilhengeren var forhjulene lette. De første kilometerne følte bilen svinge frem og tilbake unnervingly. Hun fikk det til slutt under kontroll, og vi gikk sjelden over 45 mph for hele turen. Mamma var fast bestemt på å gjøre dette til en ferie for oss. Min eldre bror og søster var stille, men min yngre bror Jeff begynte sitt refreng: "Hvor mye lenger?" "Vi har fortsatt en måte å gå honning på," svarte mamma. Jeff satt mellom Tom ogjeg i baksetet. Vi hadde tatt alle putene våre og fått dem dempet rundt oss og mellom oss. Milene gikk videre, så vi spilte spill for å få tiden til å gå. Hvem kunne telle flest biler fra forskjellige stater, hvor mange politibiler kunne du se, og make og år med biler på veien? Vi var på route 66 etter å ha passert Chicago på vei sørvestover. Vi stoppet for å se Mammoth-hulen i Kentucky. Vi bodde på billige moteller og var veislitne da vi så Meteor-krateret i Arizona. Vi passed gjennom Painted Desert deretter inn i utrolig varme Needles California. Bilen hadde ikke klimaanlegg, så mamma kjøpte en fordampende enhet som henger ut av et rullet vindu. Etter en søvnløs natt rullet vi inn i Los Angeles sent pådagen.

Onkel Ralph bodde i San Fernando. Sønnen hans handlet om min søsters, Pam, alder. Han hadde to eldre søstre som begge var store som Ralphs kone. Ralph var et mørkt hår og skallet bønnestang. Vi tilbrakte de neste ukene med å svømme i bassenget og hadde en grog gammel tid. Mamma fant snart en jobb vi flyttet inn i et lite hus i San Fernando. Skolene var et kultursjokk for oss alle, og vi lekte med de meksikanske barna på blokka. Etter et år møtte mamma Roy, giftet seg, og vi flyttet til Granada Hills. Jeg graduated fra den overbefolkede High School og fikk et statsstipend til University of California i Santa Barbera.

Vista-øya

Høsten 1970, etter at jeg ble uteksaminert fra videregående skole, forlot jeg hjemmet for å begynne på skolen ved UC Santa Barbara. UCSB ligger i det lille strandsamfunnet Isla Vista, som er en konglomerasjon av billige leilighetsbygninger rundt et lite kommersielt område med hippiekafeer og håndverksbutikker. I likhet med Haight Asbury-distriktet i San Francisco, var Isla Vista et episenter for counterculture. Det hadde vært antikrigsopptøyer her året før; En luft av opprør gjennomsyret landsbyen. Jeg var sytten og hadde aldri vært hjemmefra.

Jeg flyttet inn i en stor tre-etasjers stucco leilighetsbygning som hadde en hule gårdsplass med betong og et svømmebasseng. Leilighetsdørene åpnet av gangveier på innsiden av strukturen med utsikt over quad som ristet når de krysset.

Steve var en diminutiv jøde med et fullt buskete svart skjegg og ler øyne. Han, som meg, var fra Los Angeles, men han kom fra den rike vestsiden, som er en verden borte fra San Fernando Valley som jeg kalte hjem. Han fortalte faren at han skulle bli engelsk major og levde i konstant frykt for oppdagelsen av at han ønsket å bli sosiolog. Som oss andre ønsket han å forandre verden, og han trodde at han kunne. Han kjørte en gammel Volkswagen-bug og så perfekt ut hjemme i den.

Denny hadde sandhår og ble kraftig bygget. Han hadde dype gjennomtrengende øyne. Hans buskete øyenbryn møttes over nesen hans. Selv om han var renbarbert, hadde han et tungt skjegg og en spesielt furry kropp. Han kom fra Concord, California. Siden han hadde kommet til leiligheten først, krevde han at vi skulle adlyde hans regler. Vi så ham sjelden i begynnelsen; han bodde i her rom mesteparten av tiden. Steve og jeg satt i stua en morgen før semesteret startet. Denny løp ut fra rommet sitt, sto foran oss med et konsentrert spørsmål anstrengt smil. "Jeg la litt mat i kjøleskapet. Den er min. Jeg vil ikke at noen skal røre den," utbrøt han. Han sto der med blikket festet på oss. Steve og jeg så på hverandre.

"Ok", sa vi begge og så på ham med uhyrlighet. Han så tilbake på oss, smilte til seg selv og marsjerte tilbake inn på rommet sitt ogklappet døren. Dette mønsteret gjentok seg i løpet av de følgende par ukene. Denny stormet ut av rommet sitt, krevde noe av oss, smilte det kjente smilet og vendte tilbake til helligdommen. En dag kom Denny ut av rommet sitt; hans hårete nakne kropp ble punktert med en penis ereksjon. Han sto foran oss med et grotesk glis. Etter noen overmåte vanskelige øyeblikk skyndte han seg tilbake til rommet sitt.

Steve, som var en av de enkleste gående, tolerante og myktalende menneskene som jeg noen gang hadde kjent, så på meg og utbrøt: "Faen ta dette." Vi gikk ned til kontoret, ba om en annen leilighet, og flyttet til en tredje etasje leilighet dagen etter. Kort tid senere hørte vi at Denny hadde blitt sett løpe nedover gaten skrikende og hadde blitt tatt til state mental institusjon på Camarillo. Vi hadde alle lest Carlos Castaneda-bøkene om Den indianske trollmannen Don Juan fra Nord-Mexico. Castaneda var utdannet student fra UCLA som gjorde sin avhandling ved å apprenticing seg til Don Juan. Dpå Juan administrerte ulike innfødte hallusinogene stoffer til Castaneda slik at han kunne oppnå alternative bevisste tilstander. Vi trodde denny kunne ha eksperimentert med et psykedelisk stoff. Det var det siste vi hørte om ham.

Frank flyttet inn påsoverommet et par dager senere. Han var av japansk opphav. Han hadde skulderlengde rett svart hår og et rent ansikt. Han hadde på seg bell-bottom denim jeans med et heklet tøybelte som falt på knærne på hans lanky ramme. Han fikk et gymnastics stipend for å delta på UCSB. Han hadde kraftig bygde armer og skuldre som samtidig var asiatiske magre. Da han smilte, var det enten fordi han var lykkelig eller fordi han ikke var det. Det var klokt å kunne skille mellom et mirthful smil og et ondsinnet glis. Som meg snakket han sjelden. Vi ble snart raske venner. Franks hjemliv var noe annerledes enn oss andre. Mens våre foreldre hadde vokst opp i fattigdommen og fortvilelsen av den store depresjonen og deretter ble kastet inn i second Great War, hadde Franks foreldre fått alle sine eiendeler konfiskert fra dem og ble deretter fengslet i en konsentrasjonsleir i løpet av første halvdel av 1940-tallet. Urettferdigheten var enda mer akutt for Franks far fordi han hadde eid en stor lastebil langti den nordlige delen av den sentrale dalen og hadde mistet alt. Kløften mellom mange av oss og foreldrene våre var dyp. Deres fascistiske konservatisme kolliderte med vår nyvunne liberalisme. Deres blinde lydighet mot autoritet utløste raseri mot vår opposisjon til krigen og mistillit til regjeringen. Franks foreldre var også dypt misfornøyde med statlig autoritet. På denne måten opprettholdt Frank og faren hans en nærhet som vi hadde mistet med vår. Narkotikabruk forble imidlertid et bein av strid.

Mellom klassene begynte Frank og jeg å henge på den valgfrie Isla Vista-stranden. Vi likte veldig godt å se de uhemmede coeds soling, gå tur med hundene sine eller spille Frisbee på sanden. Vi røykte vanligvis for mye hasj og gjorde sjelden noen studier, noe som selvfølgelig var intensjonen. Stranden hadde tjære på sanden og i vannet. Vi la skylden på de lumske oljeselskapene da vi så ut på boreriggene i det fjerne over det glitrende blå vannet. Jeg lærte mye senere at den svarte goo som kom på føttene våre hadde plaget Chumash i århundrer.

Vi besøkte også en liten kafé i forretningsområdet. Servitrisene hadde løstsittende klær som fløt da de grasiøst flyttet fra bord til bord. De så ut til å ha det samme drømmende smilet som så gjennom deg mens de snakket. Håret deres var langt og rett eller flettet, og de brukte aldri sminke eller BH. Bena deres var myke og furrige. Den forførende duften av patchouli drev gjennom luften.

Vi hørte historier om opprøretfra det siste året. Hver av dem var ivrige etter å fortelle om sin handling i arrangementet, som allerede var i ferd med å bli ting av lokal lore. Klasser ble boikottet, og sinne var fokusert på Bank of America-bygningen i Isla Vista. Det var akseptert kunnskap om atBank of America og den katolske kirken på en eller annen måte var medvirkende til å forårsake krigen i Sørøst-Asia. Grenen i Isla Vista hadde blitt bombet gjentatte ganger allerede før opptøyene. Vi fortsatte å høre eksplosjoner om natten mens jeg gikk på UCSB. Banken hadde blitt gjenoppbygget som en mursteinsfestning med skrånende vindusløse vegger med en hvelvdør. Forkullet eksplosiv forblir misfarget murstein.

Forstyrrelsene var generelt fredelige bortsett fra det sporadiske knuste vinduet til sheriffen i Santa Barbara bestemte seg for å kalle inn los Angeles-politiet som forsterkninger. Da LAPD ankom i busser, samlet studentene en masse motsatt av dem. Politiet arkiverte bussene og stilte opp utstyr med opprørsutstyr. De siktede studentene, og politiet spredte seg. Denne debatten gjorde LAPD så sint at volden deres etter det var ukritisk. Studentene svarte med å slå seg sammen og kjempe med kastet prosjektiler. Krigen varte i noen dager til LAPD trakk seg tilbake. We hørte mange historier om urban krigføring som så ut til å vokse med gjenfortellingen.

En ettermiddag etter timen satt vi og drakk kaffe. En liten statur Latino som hadde på seg jeans og et rødt lommetørkle panneband sauntered over til oss. "Hei dere, jeg har sett dere sitte her. Jeg er Carlos, har du noe imot at jeg blir med deg?» spurte han da han trakk opp en stol. "Ok", svarte vi. "Jeg kan se at dere er hippe til alt tullet. Vi må gjøre noe med denne jævla regjeringen og denne jævla krigen. "Ja", ble vi enige om. " Jeg kan fortelle deg you, jeg spikret de jævla grisene da de invaderte oss i fjor. Jeg ledet en gruppe som virkelig køddet med jævlene. Vi gikk på hustak og kastet dem med steiner. Jeg ville lage Molotov-cocktailer, men de andre fittene ville ikke la meg gjøre det. Jeg har virkelig liktå se de grisene brenne. Vi så på Carlos med interesse. "Vi må stoppe nixonen. Vi må ta ham. Drit i denne jævla krigen. Har dere vært involvert i noe? Jeg kan se at dere ertypen til å handle. "Frank smilte et nervøst smil.

Jeg hadde hatt en tilbakevendende drøm. Jeg var et sted i jungelen med en M16. En offiser oppfordret meg til å angripe en

Vietcong-enhet som skjøt mot oss. Jeg ble møtt med beslutningen om å enttack eller å drepe hæren offiser. Så våknet jeg i svette. Jeg visste at jeg ikke kunne tillate meg selv å komme inn i den situasjonen. Jeg blir atten året etter. Lotteriet vil finne sted i januar. Hvis nummeret på bursdagen min var hundre eller mindre, ville jeg blitt innkalt. Jeg visste at jeg måtte flytte til Canada, og det skremte meg i hjel. Alt jeg kunne gjøre for å få slutt på krigen var verdt det.

"Ja", jeg var enig. – Men vi gikk glipp av handlingen. Ja visst, skulle ønske vi var her." " Jeg kan se at dere ville ha vært rett på frontlinjene. Jeg ser det bare ved å se på deg. Jeg kunne ha brukt dere mot de jævla griseinntrengerne." sa han mens han lente seg inn for å se oss i øynene. Carlos var interessert i hvor vi dro og hva vi gjorde. Han ville dukke opp for meget oss, og han hadde alltid god hasj å røyke. Vi begynte å følge ham til de ulike antikrigsdemonstrasjonene som ble holdt regelmessig. De fleste var små grupper av stamgjestene som samlet seg for å høre en lokal taler snakke om invasjonen av Kambodsja. Dette ble anerkjent som spørsmålet som ville tvinge Kongressen til å utfordre Nixon. Invasjonen hadde blitt holdt hemmelig, selv fra kongressen som hadde forbudt det. Carlos hadde alltid noen appelsiner i lomma i tilfelle grisene dukket opp. Sheriffen i Santa Barbara hadde blitt klok og holdt seg klar med mindre det var absolutt nødvendig. Selv på de små samlingene var det vanligvis et par J. Edgar Hoovers menn synlige. De skilte seg ut med sitt tett beskårne hår, mørke vindbrytere og solbriller. Alltid i et par gjorde de ikke noe forsøk på å blande seg inn. Deres nærvær var helt klart et forsøk på trusler. De usynlige øynene som festet seg på meg bak mørke briller forårsaket ryggslående.

"En, to, tre, fire. Vi vil ikke ha din jævla krig!" Vi ropte back til podiet på den langhårede lederen med bullhornet.

"Ho Ho Ho Chi Min. NFL kommer til å vinne!" ropte vi unisont tilbake. Publikums temperament steg til vi begynte å gå på campus i masse og ropte våre antikrigsbesvergelser. Publikum vokste da vi marsjerte, og sangene steg til staccato pitch. Frank gikk arm i arm med en pen marsjerer. Samlinger var et flott sted å plukke opp kyllinger. Han beveget seg til meg med øynene og et rampete, strålende glis for å bli med ham. Hun må ha hatt en kjæreste som trengte ideologisk støtte. Vi droppet Carlos som var opptatt med å prøve å gjøre marsjen til en nærkamp. Vi fulgte deretter våre nye venner til leiligheten deres for å røyke gress og diskutere politikk. Dette var bare nok en dag da studiene ble henvist til sek.

Carlos presenterte oss for en afrikaner fra Elfenbenskysten ved navn Ga. Han var tynn, veldig svart, med gjørmebrune øyne satt inn blekgule hvite. Han var en dedikert kommunist som hadde en stor plakat av Mao Tso Tung på veggen. Han hadde ofte på seg en Chinese stil kort, brimmed lue med en rød stjerne på forsiden. Han hadde marihuana som var sterkere enn noe annet tilgjengelig. Han delte også ut hasj. Han tolererte oss og ga oss røyk fordi vi var unge aktivister. Han studerte våre motiver og intensjoner medkald beregning.

Kjæresten hans som bodde hos ham var en stille mørkhåret hvit jente. Ga behandlet henne som om han alltid var sint på henne. Hun ventet på ham som om han var prins, og kanskje i sitt eget land var han det. Det gjorde oss ukomfortable å se en kvinne behandlet med derision, men ga oss et glimt av virkeligheten i andre deler av verden. Hun fryktet ham. Carlos hadde fortalt oss

med beundring at Ga hadde en full auto AK-47. Ga smilte sjelden;
Han var en farlig mann.

Vi graviterte mot statsvitenskap og sosiologiklasser. Mange
av professorene var like radikale som studentene. De forsterket vår
antiestablishment ideologi. Vi ble bedt om å betrakte våre high
school civics og historieundervisning som lite mer enn propaganda.
Vi trengte å lære våre grunnleggende ideer om politisk virkelighet.
Grunnloven hadde blitt en forlegenhet for styringseliten og deres
militære mangler og ble sjelden diskutert i andre offentlige skoler
enn i de mest generelle termer. Grunnloven og grunnleggerne
ermer revolusjonære enn noe vi har forestilt oss. Vi som nasjon
hadde endelig kommet i full sirkel og hadde blitt som britene som
beskyttet sitt imperium mot anarkiets krefter.

Jeg lånte en MGA fra min søster Pams mann som var i 'Nam
med hærens CID-enhet. CID var en militær politiets
etterretningsgruppe. De kjempet mot begge hærene. Fragging
hadde blitt vanlig etter hvert som krigen dro videre. De vervede
mennene målrettet offiserer hvis de prøvde å tvinge dem i kamp.
Militærpolitiet ville også bli eliminert hvis de ble en trussel. Bill
hadde vært hjemme i permisjon noen uker før. Jeg tok ham med ut
på en tur i MG-en hans mens han var i byen. MG er liten; du glir inn
i setet med føttene i en lang smal sammensetningforan deg. Bill var
en stor fyr, men da en bil slo tilbake, klarte han å få hele kroppen
kilt inn i det lille avlukket under dashbordet. Søsteren min bodde
hos foreldrene sine så de kunne holde øye med henne. Da han kom
hjem på permisjon, beskyldte han henne noen ganger for å være
utro og slå henne.

I helgene kjørte Frank og jeg ofte de hundre kilometerne ned til LA i MG. Jeg hadde en kjæreste, Rachel, som bodde i Granada åser. Hun var seksten, langt rett blondt hår, blue øyne, og en lystig kropp. Hun elsket sex. Jeg var sikker på at hun ville få barn unge. Jeg ville forsikre meg om at jeg ikke skulle bli pappa, men jeg kunne ikke motstå hennes tiltrekningskraft. Hun sendte meg pastellfargede parfymerte brev med unge jentehemmeligheter og ønsker. Hun var en av de eneste tingene jeg kunne holde fast ved.

Vi forlot Goleta om morgenen i de små røde skinnsetene med toppen ned. Purren på den lille firesylinderen og glattheten til trådhjulene på fortauet langs kysten var nirvana. Vi passerte gjennom Santa Barbara-stoppelysene på motorvei 101 med sollyset som glitret av seilbåtene som gynget i havnen. Etter at vi delte en felles Frank begynte å blåse sin blues munnspill, spille en drivende tog melodi okk akkasionally bryte ut til solo og deretter drive tilbake til hypnotisk rytme. Han spilte gjennom de furukledde åsene i Montecito hvor de bortgjemte herskapshusene til de svært rike lå skjult. Vi passerte langs kysten av Mussel Shoals til høyre og Cliffside til venstre hvor husene satt prekært ved foten av en tusen fots klippe. Vi kjørte forbi de store orkidehusene i Carpinteria og inn i Ventura. Morgensolen ble varmere og slikket jordbærfeltene utenfor Oxnard. Frank periodiskalliert ble stille da vi så milene drive forbi gjennom kysttåke. Da vi gikk forbi Camarillo lurte jeg på om Denny fortsatt var på den mentale institusjonen der. En pang av skyld krøp inn i magen min for å ha forlatt ham. Etter en time gikk vi gjennomThousand Oaks og Calabasas og gikk ned i de gule grå smoglagene i San Fernando Valley. Trafikken pakket rundt den lille svarte sportsbilen til vi følte oss oppslukt av de store ansiktsløse maskinene som jockeyet for posisjon mot hverandrer og presset på oss fra alle sider.

Vi var innom Rachels perfekt preparerte ranchhus i et plettfritt trimmet nabolag. Vi hørte på faren hennes, som jobbet for IBM; holde sitt velvillige faderlige foredrag om våre feilrettede politiske synspunkter. Rachels eldre bror fortalte oss at han betraktet oss som amerikanske kyllinger. Han kunne ikke vente med å bli med marinesoldatene. Vi smilte begge to og kunne ikke vente på at han skulle bli med heller.

Rachel satt på midtkonsollen mellom oss. Hennes mini skjørt og stramme elastic bluse holdt oss evig opphisset. Vi stoppet og hentet hennes venn Sheila, en intenst søt jødisk jente fra Northridge. Hun hadde et smittsomt smil og lyse skinnende grønne øyne. Som med mange jødiske jenter, deres fantastiske skjønnhet som jenter trord sin løvinne natur som kvinner. Sheila satt på Franks fanget da vi dro over dalen til Topanga Canyon. Jeg buet MG en vei og deretter de andre skiftende girene med hånden mellom Rachels ben på girspaken. Halvveis gjennom Topangas hippie-enklave snudde vi oppoverbakke på tunfisk canyon road, en enkelt kjørefelt ekstremt vridd vei som fikk kroppene våre til å bli presset mot hverandre da jeg skiftet gir og jobbet clutchen og gassen raskt. Hånden min masserte innsiden av Rachels lår mens jegpshifted og downshifted rundt de stramme svingene. Vi kom endelig til Pacific Coast Highway rød ansikt og fnisende.

Vi kjørte langs den kjølige Malibu-kysten nordover til Zuma-stranden. I den sørlige enden av Zuma ligger et fjell av rød basaltstein som vi klatret over og ned på en liten strand vi kalte piratbukta. Vi dvelte en stund på toppen av den utskrenkende strekking øynene inn i det glitrende vannet på jakt etter de mørke massive formene til de trekkende gråhvalene. Point Dume flyr ut iPa-kverket, og de store hvalene kommer nær land her. Vi hadde ofte sett disse praktfulle leviathans bue ut av vannet og utvise luft fra deres blåsehull. Pirates' bukt er en liten halvmåne av sand omgitt av høye røde stein taggete vegger. Mens frank og Sheila spilte i surfe, la jeg et grønt ullhærteppe på en liten sandflekk mellom to steiner og lå med Rachel. Solen, salt luft, måker og kjølig bris ble alle en med sin myke villige kropp og lukten av kakaosmør. Tiden sto stille, men gikk fort. Den vestlige solen malte dønningene røde da de vinket mot kysten. Etterpå svømte vi og smakte saltet i munnen da vi renset oss selv.

Vi dro i den magiske tiden som kalles skumring. Dagen var over, men natten ventet sin tur til å regjere. Vi kjørte ned Pacific Coast Highway da surferne stuet brettene sine og fjernet våtdraktene sine. Den eneste lyden var summingen av den firesylindrede rensingen gjennom eksosrørene. Vi samlet ensvak bris i den åpne førerhuset. Jeg slo på Topanga Canyon mot dalen. Halvveis kjørte jeg av veien under en illevarslende massiv eik så Frank kunne avlaste seg selv. Da vi satt i mørket, hørte vi plutselig skriket til en villkatt rett over hodene våre. Vi holdt pusten da jeg startet motoren på nytt og begynte å rulle fremover. Frank holdt fast på den åpne døren med en fot på gulvplank. Tilbake på motorveien lo vi en adrenalin latter og ønsket i hemmelighet at det var et tak over hodene våre.

Vi stakk av jentene og dro hjem til mamma. Jeg parkerte ved fortauskanten foran huset på Rinaldi Street omtrent 1,5 km vest for motorveien San Diego. Det er en overgrodd privet hekk som overhenger fortauet nær bilenob trær vokser ved siden av gaten. Vi åpnet kjettingforbindelsen og gikk over den sparsomme plenen som kjempet for å overleve på hardpan jord. Huset i 50-talls ranchstil var på en paiformet tomt ved siden av høyeffektslinjetårn som sprakk og spruteti nattluften. Jeg åpnet kjøkkendøren til en kjent scene. Mamma var ved vasken og sang mens hun vasket oppvasken. Vi passerte vaskemaskinen og tørketrommelen ved siden av døren for å få våre moderlige klemmer. "Hei kjære", utbrøt hun da hun tørkethandene og kom bort for å hilse på oss. "Hadde du en fin tur ned?" –Ja, det var hyggelig. Vi kom tidligere og hentet Rachel og Sheila og dro til stranden», svarte jeg. "Å, hvordan har Rachel det?" spurte hun med et gjennomtrengende blikk. "Hun har det bra", hvisket jeg. "Yeah, hun har det bra Mrs. DeBiaso", interjted Frank understreket 'fine'. Jeg skjøt Frank et sidelengs blikk, og han kom tilbake med det rampete gliset. "Rachel har det bra", gjentok jeg.

Vi gikk inn i den lille spisesalen som var åpen for stuen der TV-en var making støy. Karen, min yngre søster på syv, satt ved Spisebordet i Formica og tegnet et bilde med fargestifter. "Jim!" ropte hun mens hun løp rundt bordet og smilte med sine manglende fortenner. Hun ga oss begge en energisk klem. " Jeg tegner et bilde av meg og mamma og pappa og Biff. Vil du se den? Biff havnet i en annen kamp og mistet en av tennene. Vil du se? Læreren min sa at jeg er en av de beste skuffene i klassen. Biff var en brunfarget persisk katt som hadde langt fint hår som var evig formatert. Vi hadde kjøpt ham da Karen bare var en baby. Hun bar katten rundt da hun knapt var større enn han var. Hun slapp ham, satte seg på ham, slo ham, men den katten ville ikke løpe fra henne eller noen gangslaste henne. Etter hvert som han ble eldre, ble han mer og mer banket opp. Han hadde blitt truffet av en bil, tygget opp av en hund, og ble stadig banket opp av nabolaget tomcats. Jeg så på bildet hennes, fortalte henne hvor fint det var, og så så Roy, Karens far, reise seg fra stolen sin for å hilse på oss.

Roy er en italiener som jobber hardt og er rask til sinne, men raskere til kjærlighet. Han bar sitt hjerte på ermet der det var åpent for glede og latter, men lett skadet. Han var en firkantet mann. Hodet hans var firkantet, han hadde tett beskåret krøllete hår, og ørene lå flatt mot hodet for ikke å bryte symmetrien. Han hadde en full tannkjeve som kunne ha vært litt større enn pannen. Han var mager og sterkt bygget, nedstammet fra generasjoner av Italien arbeider. Han hadde Popeye underarmer, og brystet hans var omtrent like stort som midjen. Han reiste seg fra stolen sin da vi kom inn i rommet med et oppriktig bredt glis da han hilste på oss. Forholdet vårt hadde vært anstrengt over krigen, men etter at jeg forlot hjemmet, lotvi meningsforskjellene hvile. Det gjorde også vondt for oss begge å se mammas beskremning med kranglingen vår. Dette var hennes hus, og omverdenen var ikke tillatt i hennes helligdom.

"Jim, Frank, hvordan i helvete har dere det?" Han kom bort, ga meg en klem og et kyss på kinnet. Han var stolt av meg for å få et stipend til University of California. Det hadde aldri vært noen i familien hans som noen gang hadde gått på college. "Vi har det bra. Hvordan har du vært gammel mann?" Jeg svarte, litt flau over hans hengivenhet. "Jeg vil vise dem hvordan biff mistet tannen", interjted Karen. Roy så på Karen med stolthet og hengivenhet. Hun var hele hans verden. Han hadde til og med malt 'Karen baby' på forsiden av sin tre og en halv tonn flatbed lastebil han brukte to haul produsere. "Du finner den gamle katten så vi kan vise guttene, kjære", hvisket han vennlig. " Jeg fant et bra sted å parkere lastebilen for å tråkke på produksjonen på Foothill Boulevard, men de fordømte sheriffene kjørte meg av, sa at jeg ikke hadde lisens til å tråkke på råvarer. Kan du fatte det? En fordømt lisens. Ga meg en billett også," utbrøt han da ansiktet hans skrudde inn i et show av avsky. Jeg må finne et nytt sted, ikke sant mamma? "Ja kjære" svarte mamma nøye. Huset hennes og barna hennes var hele livet hennes. Hun ville ikke si noe for å forstyrre den delikate balansen mellom henne og Roy. Hun hadde blitt oppdratt på et barnehjem i Chicago etter at moren hennes ble innlagt på en mental institusjon da hun var veldig ung. En bror og to søstre ble adoptert, men Billie, min mor og hennes bror Ralph ble forlatt på barnehjemmet til de var seksten. Hun møtte faren min etter krigen, de flyttet til den nordlige indiana landsbygda utenfor Chicago og fikk oss fire barn. Dette var hennes lykkeligste tid. Pappa lei av henne, fant en annen kvinne, og vi flyttet til California og dro en ladd U-Haul-trailer langs rute 66 i 1963. Omtrent et år senere møtte hun Roy, giftet seg og hadde Karen, men hjertet hennes hadde blitt knust i Indiana. Det var hennes sted å ha et hardt liv. Hennes barn og hennes hjem var hennes liv og hennes glede.

"Jeg savner dere som hjelper meg på lastebilen. Vi hadde noen jævla gode tider, ikke sant?» sa han nostalgisk. Min bror Tom og jeg hadde jobbet i årevis med å hjelpe Roy med produksjonsbilen. Selv da vi var unge, hadde vi fått i oppgave å laste alle boksene med epler, appelsiner, tomater, cantaloupes og hva som skjedde å være i sesong på den tiden. Appelsiner og epler ville løpe omtrent førti pounds per boks, men cantaloupes kan være seventy-fem pounds. Jeg var trangt bygget og hadde en sterk rygg, men Tom var tynn og hadde en svakere ramme. Det var et spørsmål om stolthet for ham å kunne løfte de tyngste kassene alene. Tom betalte prisen med en skadet rygg. Vi tilbrakte helgene oppe i bilen og hentet frukt og grønnsaker til kundene. Vi hadde vanligvis to forskjellige kvaliteter av hver type produkter. Vi hadde boksene å bruke på bunnen av posen, og jo dyrere for toppen. Været var enten varmt eller kaldt eller vått, eller vinden blåste. Noen ganger ropte Roy til oss for ikke å gjøre noe riktig, og han og Tom så ut til å være i ferd med å komme til slag, men det kom aldri til det. Vi lo ofte av hvor dumme kundene var, og hvordan Roy would selger dem mer enn de egentlig ønsket. Når noen ville stoppe og be om tomater, appelsiner eller epler, ropte Roy tilbake til oss "Gidem ti pund." Vi lo alltid da de kjøpte de ti pundene. "Ja", jeg var enig, "vi hadde det gøy."

"Jeg lagde din favoritt, tunfisk gryte", sa mamma da hun plystret å sette bordet, "Jeg håper du er sulten." Vi spiste middag med mamma og spurte stadig om vi hadde nok, eller om det var noe annet vi ønsket. Vi var ferdige med å spise, sa farvel, og da mamma kysset meg farvel, var det tristhet i øynene hennes. Min yngre bror Jeff bodde fortsatt hjemme, men vi tre hadde flyttet ut. Hun hadde vanskelig for å la oss gå. "Jeg skal skrive til deg", ringte hun da vi gikk ut, og jeg ville være sikker på å resitereet brev ved midtuken som beskriver hendelsene de neste dagene. Vi dro hjem til broren min, Tom, noen kilometer unna. Han fikk kallenavnet Penguin, og han bodde sammen med Steve, ellers kjent som Cow, og. Det var en uvanlig rolig lørdag night på 'pit' som deres party pad ble kalt. Det var noen få mennesker som satt rundt Formica-disken på slutten av kjøkkenet og passerte rundt en joint og drakk øl. Min bror Tom så oss da vi kom inn.

"Hei Jim, Frank, hva skjer?" "Vi leteretter et sted å sove i kveld. Vi kom nettopp fra mamma og spiste middag», svarte jeg. "Du kan få rommet mitt. Jeg sover på sofaen. Vil dere bli høye? Kyr fikk litt god ugress for en forandring, i stedet for å røyke min"; Penguin sa at å se på Cow sprawled ut på sofaen. "Dra til helvete, Penguin. Jeg har bedre lager enn deg. Han han", Cow skutt tilbake stå opp på en albue. gikk inn i rommet. "Pingviner lillebror, du har den langhårede sjiktet med deg igjen. Hva har dere to commies holdt på med?» han kalte med åpenbar stolthet at en av klanen deres gikk på et universitet. Første gang jeg brakte Frank ved "gropen", hadde han vært klar til å kjempe mot fornærmelsene som ble kastet på ham. Det tok meg en stund å forklareat verbalt overgrep var deres måte å akseptere ham i gruppen. "Faen ta deg, Mark", svarte Frank lattermildt. "Vi prøver å styrte regjeringen." "Jeg blir en drittsekk hvis du ikke er det. Si ifra hvis du trenger hjelp. Haw haw haw haw", hutbrøt da han forsvant inn på soverommet sitt.

Om morgenen kjørte vi tilbake til Santa Barbara. Vi kom til leiligheten for å finne Steve engasjert med en gruppe mennesker som organiserte demonstrasjonene for den kommende våren. Steve var stille, men ekstremtbegavet som arrangør. Han ble et knutepunkt for aktivitet. Folk oppsøkte ham for hans hjelp til alle døgnets tider. Han lyttet rolig, børstet whiskers fra munnen og tilbyr sin analyse.

I januar 1971 holdt militæret sitt utkast til lotteri for året. Hvis nummeret på bursdagen din var hundre eller mindre, ville du blitt innkalt. Lotterinummeret til bursdagen min, 15. Lettelsen jeg følte var ekstraordinær. Livet mitt hadde vært på kanten til den dagen, men nå følte jeg en stresssmelting fra kroppen min. Det var på dette tidspunktet at Frank bestemte seg for at folk ikke skulle konkurrere med hverandre. Han sluttet å gå på gymnastikktrening og ble fortalt at han ville miste stipendet. Dette ville være Franks siste semester, og jeg trordet ville være mitt også. Jeg mistet lysten til å fortsette studiene. Jeg ville vekk fra alt.

Mai 1971 hadde endelig kommet. Det var en plan for studenter å kjøpe Junker biler, kjøre dem inn i Washington DC, og blokkere trafikk med deaktivert hunks. Politi og bergingsbiler var opptatt med å rydde veiene, så taktikken viste seg ikke å kunne stenge regjeringen som planlagt. Demonstrasjonene i fem store byer kom deretter. Vi kjørte opp til San Francisco med Steve for demonstrasjonen. Steve hadde noen venner i Berkeley som vi dro for å bo hos. Da vi kom inn i Berkeley, befant vi oss midt i en konfrontasjon mellom Black Panthers, og det som så ut til å være hundre uniformerte griser. De svarte løp nedover gatene, og hvis de ble tatt, ble de slått. Steve stoppet bilen og vi hang ned i setene våre til nærkampen var passert. Spenningen var høy. Vi kom til byen et par dager før marsjen. Biler fulle av langhårete were streaming inn fra hele landet. Malte VW-varebiler ble parkert på et hvilket som helst tilgjengelig sted, og folk festet. Den lille leiligheten der Steves venner bodde, var fullpakket med utenbys her for feiringen for å avslutte krigen. Steve ble igjen for å konsultere andre arrangører mens Frank og jeg gikk ut for å bli med på festen. Vi hadde ikke innsett før nå hvor sentral Steve var for innsatsen. Hans klan fra Vest-LA kom og gikk til enhver tid med spørsmål og rapporter for vår unassuming jødiske venn. Vi fant også ut at deres hebraiske fedre som var i lov eller underholdning eller forretninger aktivt støttet sine sønner og døtre med sin

antikrigsinnsats. Strømmen strømmet gjennom Berkeley-
leiligheten.

Ute på gaten var smell av marihuana gjennomgripende. Da
vi gikk nedover gaten stoppet vi for å snakke og ta et treff av og til
fra en joint eller av en mengde hasj. Folk snublet på syre eller
meskalin, smilte og sang, med radioer som sprengte. De pene
damene var free med klemmer og kyss. Vi fant oss selv som
utsendinger av privy kunnskap oppnådd gjennom vår tilknytning til
Steve. Den største innsatsen var nå logistikken med å få massene
av demonstranter til begynnelsen av marsjen. Vi ble kjendiser på
gata. Folk kom til oss fra hele tatt for å stille spørsmål om alle slags
ting. Vi ble også ganske steine, og var snart ikke mye hjelp for noen.

Dagen før marsjtrafikken som kom inn til byen ble fastkjørt.
Lokale myndigheter mobilized å avlede kjøretøy til ytre områder
hvor de kunne ta massetransitt inn i byen. Det var første gang jeg
følte at en kommune var på vår side. Nyheten rapporterte at
anslagsvis millioner sjeler allerede hadde kommet inn i byen. Vi tok
en buss fra Berkeley tidlig om morgenen på dagen for den store
demonstrasjonen. Alle lo og sang. Vi trengte ikke dop for å bli høye
den dagen. Vi ble sluppet av utenfor en stor park inne i byen.
Politiet i San Francisco til fots, på hesteryggen eller på motorsykler
dirigerte de bankende massene. Hestene og motorsyklene var
dekket av blomster som folk hadde plassert der. Det var en intens
følelse som godt opp fra tarmen og ble sittende fast i halsen min.
Folk sto enensom og var ute av stand til å kontrollere seg selv,
gråtende. Andre var fjollete og fnisende. Vi visste at vi ville stoppe
krigen den dagen. Vi var ivrige etter å starte den lange marsjen
gjennom byen til Golden Gate Park. Vi hørte til slutt at ordfører

Alioto ville lead prosesjonen, og at turen hadde begynt tidligere enn forventet å gi plass til de hundretusener som ventet på å begynne. Frank og jeg gikk til slutt videre blant den massive mengden som tok langsomme stokkende babytrinn da vi flyttet sammen. Endelig på veien løsnet publikum og vi var i stand til å gå i et bevisst tempo. Vi begynte å synge Joe McDonald-klassikeren.

"En, to, tre, hva kjemper vi for? Ikke spør meg nå, jeg driter i, la oss stoppe dette Vietnam. Fem, seks, syv, åpne perleporten, er ikke tid til å lure på hvorfor, yippy, vi kommer alle til å dø."

Vi fant ut at mengden var adskilt i forskjellige grupper av mennesker. Vi flyttet fra langhår fra hele landet til saktegående gamle folk som hjalp hverandre mens de stokket sammen, til familier med barnevogner. Da vi gikk gjennom forretningsdistriktet av glass og stål høyhus, ventet forretningsmenn og sekretærer på en åpning for å komme inn i mengden. De lokale barna på sine sykler og skateboards ble med i paraden. Vi endte til slutt opp i en gruppe oppdiktede og krysskledde høye stepping og boblende homofile. Da vi kom til toppen av Market Street, så vi den pakket fra kant til kant så langt det kunne ses i begge retninger. Det var et surrealistisk syn. Det var litt overskyet og kult, en vakker dag. Da vi endelig kom til Golden Gate Park, var det allerede overfylt. Det var en stor scene satt opp midt i den enorme gresskledde knollen hvor vi skulle nyte musikk av noen av de største navnene i rock and roll. Det var satt opp gratis matboder rundt omkretsen. Den lange turen famished alle. Den søte røykfylte aromaen av grillet kjøtt forårsaket ufrivillig salivasjon. Det var en fred i vår sult og vår prestasjon. Publikumfylte parken med utsikt over den blå hakkete bukten og den gylne portbroen. Den skarpe lukten av marihuana, patchouli og svette drev gjennom luften. Da menneskehetens masse slo seg ned for å nyte showet, som ville være den perfekte avslutningen på den perfekte dagen, så vi en rabble av røde bereted Latinos marsjere på scenen og kaste ut roadies som forberedte seg på showet. De marsjerte rundt i militant mote og skrek "Viva la Raza! Viva la Raza!" De brukte mikrofonen til å stemme sin tirade mot 'mannen' som hadde undertrykt dem. De nektet å gi opp scenen da kvelden gikk. Til slutt begynte folk å forlate parken da de ropte "Viva la Raza!" til sine avtroppende motvillige tilskuere. For en gjeng drittsekker. Frank og jeg kom oss tilbake til Berkeley og fant Steve i en utmattet søvn. Vi kjørte tilbake til Santa Barbara dagen etter i Steves insekt. Frank spilte blues munnspill, men vi snakket lite. Vi visste at vi hadde deltatt i begynnelsen av krigens slutt. Seire forårsaker selvtilfredshet som kan føre til nederlag. Vi visste også at dyret ikke ville bli drept så lett, og vi var slitne.

Vi gikk tilbake til eksamen. Jeg klarte å bestå alle timene mine, men Frank var ikke så heldig. Detteer slutten på hans akademiske studier ved UCSB siden han allerede hadde mistet sitt gymnastikkstipend. Det var slutten på meg fordi jeg hadde mistet lysten.

Det var en stor fest i komplekset etter at finalen var fullført. Det var en tid for å blåse off internalisert stress før sommerferien. Festen startet i det store bassenget den ettermiddagen. Det var voldsomme lyder av voksne barn som lekte i bassenget i olympisk størrelse. Da skumringen nærmet seg, begynte elevene å fjerne klærne sine. Snart var almost alle nakne. En av jockene som bodde her dykket ned fra det tredje etasjes taket i bassenget med et banshee-rop. Vi bestemte oss alle for å se hvor mange av oss som kunne komme i dusjen samtidig. Så vi marsjerte ovenpå inn i en leilighet og inn i dusjen. Massen av fuktige kropper stappet inn i det lille rommet fikk oss til å rulle av latter. Da jeg gikk tilbake til bassenget for å hente klærne mine, fant jeg dem borte. Noen hadde bestemt seg for at det ville være en flott vits å ta alles klær. Jeg gikk bort til leiligheten vår og fant ut at Steve hadde et par coed besøkende fra Tyskland. Jeg gjorde litt av et inntrykk da jeg ble introdusert i nakenheten min. Steve hadde et stort glis. Neste dag sa vi farvel. Steve dro hjem til LA i sommer. Frank dro tilModesto for en usikker fremtid. Jeg lastet opp eiendelene mine i MG og gikk ut for å søke etter en annen vei.

Gropen

Sommeren 1969 flyttet min bror Tom ut av huset etter at han ble uteksaminert fra Granada Hills High School. Vi bodde i en femtitallet San Fernando Valley forstad ranch stil hjem som hadde liten isolasjon. Vintervindene blåste gjennom passet over Van Norman-reservoaret og gjennom sprekkene rundt vinduene og dørene, og det var varmt om sommeren. Kraftledninger sprakk on tårn som løp diagonalt ved siden av eukalyptustrærne langs siden av den paiformede tomten.

Tom var uvanlig. Han var stille og myk, men kledd som noen av de tøffe smøretypene. Han hadde på seg jeans og skjorter med ermene revet av. Levi's var lyseblå av vask, men ulastelig ren skarpt krøllet og hang løs på sin tynne ramme. Skjortene hans var plettfrie, og skoene hans reflekterte omgivelsene hans. Men på avstand så han like fettete ut som sine medmennesker. Han så ut til å gjøre every innsats for å skjule sin sanne natur. Da vi vokste opp, delte vi ofte soverom og kommode. Min side av rommet var rotete, og kommode mine inneholdt hauger med kastet klær. Toms side av rommet var nøye organisert. Sokkene og skjortene hans i skuffene hans var perfekt brettet og justert med presisjon.

Tom, eller Penguin som kameratene hans kalte ham, hadde en merkelig tur på grunn av måten hans tynne kropp vinglet på ben som bøyde seg utover. Av en eller annen grunn, kanskje på grunn avdet tunge arbeidet vi gjorde for stefarlastingen og lossingen av produksjonsbilen hans da vi var unge, hadde ryggen og bena hans blitt skadet. Han klaget aldri, men jeg visste at han ofte hadde det vondt, og han måtte tåle latterliggjøringen av gangen sin på skolen.

Han bleoved ut av vår mors hus i en liten tre soverom i Mission Hills ved siden av San Diego motorveien med to av hans kamerater. Det var litt forfalsket selv før de hadde flyttet inn. Motorveien ble hevet godt over taknivå, men det var en constant droning av trafikkstøy, selv inne i huset, men etter en stund ble det knapt lagt merke til.

Steve bodde tvers over smuget fra vår mors hus. Begge foreldrene hans var irske, og han elsket å drikke, slåss og feste. Han var godmodig ogsanselig. Hans kallenavn var Cow, som var en forkortelse for Cowcatcher. En cowcatcher var metallgitteret som stakk ut i en vinkel fra forsiden av de gamle dampmotorene. Hvis en uheldig ku tilfeldigvis var på sporene da toget kom gjennom, ville cowcatchenne kaste det hapless dyret av sporene. Steve var Cowcatcher fordi det var den første delen av et tog. Et tog i sjargongen vår betydde at en gruppe gutter samlet utnyttet en beruset kvinne. Hvorvidt noe sånt hannonse skjedde var ved siden av poenget. Cow hadde fått æren av å være først i køen, og han likte tittelen. Jeg hadde brukt mye tid på å henge med Cow da han bodde sammen med foreldrene sine. Jeg var veldig sjenert. Cow tok meg under vingen, lot meg være sammen med ham og lærte meg verdens veier. Han fikk meg lagt da jeg var fjorten, og han lærte meg å spytte: man trengte å skaffe seg en passende mengde riktig konsistens spytt, rulle tungen til en liten åpning på leppene, blåse kraftig mens man oppmuntret spyttet til å reise til åpningen. Når "lugey" møtte den høye hastigheten, lanserte den i en nøyaktig bane med en kraftig hastighet. Kua kan være død nøyaktig på tretti

eller førti fot. Han hadde blitt kjent på Porter ungdomsskole med
sin dyktighet.

flyttet inn med Penguin og Cow. Ingen hadde noen gang
hatt mot til å gi et kallenavn. Han var stor, sterk og mager. Beinene
i armene hans var store, lange, og han hadde en ape som kvalitet.
Håret hans var skulderlengde, mørkt og rett; han hadde en
unkempt bart, og et sparsomt skjegg langs hakebenet. Hans
fulltannede latter runget med autoritet. Da lo, lo alle. Han reiste
med et følge av stille sullen bikers som var ivrige etter å gjøre sin
bidding, om nødvendig.

Jeg tilbrakte ofte helgene mine på "gropen", og det var det
huset kom til å bli kalt. En vår fredag kom jeg innom etter skolen.
Penguin var i garasjen og jobbet med sin gule og hvite '58 Ford. "Hei
Jim" bemerket han fra under panseret på bilen. Garasjen var full av
esker, bil- og motorsykkeldeler. Lukten av pot hengt skarp i luften.
"Det er en der borte hvis du vil ha den." "Ok" svarte jeg da jeg
plukket opp roachklippet. Tom hadde alltid det beste ugresset. Vi
snakker aldriså mye. Det betiter vi ikke i. Vi hadde alltid vært nære
fra da vi spilte i sandkassen sammen, eller når vi satte av gårde
gjennom hardvedskogene i Nord-Indiana for å finne den høyeste
hvite eik eller svart valnøtt å klatre. Vi så ut til å vite hva den andre
tenkte og hadde lite behov for ord.

Kua gikk ut av inngangsdøren og inn i garasjen. "Hei punk,
skal du henge den eller hva?" spurte han naturlig da han strakte seg
etter klippet jeg holdt. "Pokker, du lot det gå ut. Hei pennguin, gi
meg et lys." "Dra til helvete. Få ditt eget jævla lys din late jævel!
Kom svaret fra under panseret. Penguin og Cow hadde et spesielt
forhold. Det fikk meg alltid til å smile når de var sammen. Ku gjorde

det til et poeng å be Penguin om noeething da han var opptatt. Han
var aldri lei av å høre pingvinens overdrevne svar. "Si til ham at
han." Kua snickered. Kua hadde et gammelt, slitt par Levi's på. De
var enten litt store, eller rumpa hans var for liten til å hindre dem i å
gli ned. Hvert par metermåtte han strekke seg ned og trekke dem
opp til sin overhengende mage. Brystet og ryggen hans var
solbrune ned til bukselinjen hans; Derfra og ned var han liljehvit.
Han hadde sjelden på seg skjorte eller sko i de varme månedene.
Bunnen av hans skitne føtter var spread bred med skinnende hud.
Han hadde lært meg at hvis du gikk barbeint, kunne du ikke bruke
sko. Bunnen av sålene ble myk raskt inne i skoene. Enten brukte du
sko, eller så gjorde du ikke det. den ene var ikke kompatibel med
den andre. Han var religiøs about ikke iført sko. Jeg brukte sjelden
sko om sommeren.

Da jeg satt og så Penguin omhyggelig demontere og deretter
sette sammen forgasseren på den rene og malte 302 V8, hørte vi
den fjerne rumlingen av helikoptre som trakk nær. ledet pakken
med deafening hakkede Harleys da de trakk inn i oppkjørselen.
Hver av dem kjørte inn på sin hierarkiske parkeringsplass og slo ikke
av sine pulserende motorer før hadde demontert. Mark gikk inn i
garasjen, så på meg, lo og sa: "Dritt mann, hvor faen har du vært?
Jeg har ikke sett deg her. Vil du ha en øl?" "Ja visst." Jeg svarte. "Gå
og hent den selv. Jeg får det ikke for deg. Haw haw haw haw."
Med det snudde han seg for å gå inn i huset. Gruppen fulgte etter
ham i blinkende weak smiler min vei. Ved å snakke med meg med
forbannelser og spøker hadde han signalisert til sine
medmennesker at jeg var en av klanen og skulle beskyttes hvis
anledningen oppsto. Jeg hadde fått den æren. Å være Penguins

lillebror hadde ofte hindret meg i å blislede av andre tøffinger i nabolaget.

Da kvelden gikk inn i skumringen, kom folk med to og tre i senkede Fords og Chevy's, revving sine motorer og deretter stenge dem av for å få eksosrørene til å sprekke som en rekke pistoleksplosjoner for å justereankomsten. Penguin fullførte sine reparasjoner, satte hvert verktøy tilbake på plass, startet motoren, sprakk rørene og slo av motoren. "Jeg tror det går bra." sa han da han tørket fettet fra sine små hender. Jeg visste at han en gang i helgen ville ta sin rene og plettfrie "korte" og gå ut racing, full, bryte noe og være tilbake reparere om noen dager. Det var alltid det samme. "Høres bra ut for meg." Jeg var enig. Penguin visste at da helgefesten begynte, måtte han begynne å plukke opp flasker og bokser og rydde søppel. Han tilbrakte mesteparten av helgen rengjøring med mindre han ble for full eller steinet til å fortsette. Han var et svært nødvendig medlem av gruppen. Han var generelt stille, men noen ganger fikk noe tilå få ham til å knipse. Da dette skjedde, ga alle ham bred køye. Så ofte dukket den latente berserk Viking opp. Selv og hans venner visste å holde seg unna sin vrede. Da han slo seg ned, gikk han vanligvis til sengs. Så lo og Cowtil de gråt da hver fortalte noe mer opprørende som Penguin nettopp hadde gjort.

Denne kvelden var som alle andre fredager da festen begynte. Huset ble dempet da folk begynte å drikke og røyke. og vennene hans var i bakgården og ropte og kastet hestesko. Høy latter ville følge når den flygende metallskoen nesten ville treffe noen. "Haw haw haw haw," kunne høres fremfor alle de andre. Ku satt med noen mennesker på en 'u' formet Formica benkeplate på edge av kjøkkenet. Det var her det ofte var en "joint" som ble sendt rundt. "Hei Jim! Kom hit og prøv litt av dette. Det er litt av en ond rumpe. Te han han han," ringte han som han tok en lang drag av leddet. Alle var røde øyne og vennlige som eydelte i stammeritualet.

Det var noen jenter som var faste ved gropen. Disse damene hadde som regel gjort rundene med gutta som hang der ute. De hadde vært kjærester av denne fyren eller den, til de bare ble en av jentene. De tilbrakte ofte natten med en av stamgjestene, men hadde ingen permanente vedlegg. Noen ganger hadde de en tendens til moderlighet. De hadde funnet en nisje i throng. Gutta hadde ofte kjærester utenfor gropen. Dette ble holdt i streng tillit. De fleste var ikke klar over at noen engang hadde en jevn kjæreste. Damene ved gropen var utenomfaglige aktiviteter.

Penguin var tett om kjærlighetslivet sitt. Noen ganger fant han en stille jente, som ikke hørte hjemme ved gropen, å være sammen med. Hun var vanligvis som ham; dekker over hennes virkelige natur for å passe inn. Det varte vanligvis ikke lenge.

Kua hadde forelsket seg i en vakker italiensk jente på high school. Gina dumpet ham etter en stund, og han kom seg aldri helt. Selv om han aldri manglet en varm kropp i vannsengen, varte det i en helg på det meste. Han gjemte seg bak drikking, røyking og latter.

hadde alltid minst én kjæreste. De fleste av disse var fra hans mc-liv. Han hadde et talent av å finnede mest sexy damene. Han behandlet dem med forakt offentlig, og de elsket ham for det.

Han etterlot seg en konstant strøm av jilted kvinner som var ivrig forventet av de andre.

Denne kvelden begynte stille, og etter hvert som flere mennesker kom; lyden av flere konversations ble en lav din. Den søte lukten av marihuana var tykk. Røyken kunne sees viftende ut gjennom skjermdøren. Noen hadde tatt med vindusrute LSD. Det ble kalt vindusrute fordi det var på små firkanter av klart papir: ekte pharmaceutisk kvalitet. Det var umulig å forutse hvordan folk ville oppføre seg når de snublet. De som gjorde syre regelmessig var ikke noe problem. De som sjelden hadde snublet var mer uforutsigbare. Det så ut til å sløre skillet mellom bevisstness og bevisstløshet. Noen ville bli sjokkert over å se hva som ble undertrykt. Det kan også være ganske visuelt. Å se mønstre og fargerike forvrengninger var vanlig.

Penguin og Cow hadde begge mistet syre. De var begge gamle hender på den psykedeliske scenen. Da stoffet trådte i kraft, reagerte hver av dem som forventet. Siden Cow fant humor i alt uansett, var turene hans vanligvis et morsomt utbrudd etter det andre. Penguin ble noen ganger introspektive. Ku satt på en sofa i den lille spisestuen med armen around en ung søta. "Hei pingvin, kom hit!" sputter han knapt med fnisene sine. Penguin var opptatt flittig med å plukke opp bokser og flasker med intens konsentrasjon. "Hva vil du, rasshøl?" svarte han. Han gikk bort til der Cow satt. Ku satt opp, hvisket noe i øret, pekte over rommet, pingvinen så over, og de sprakk begge ut og lo. De delte en hemmelig innsikt uvitende til resten av oss. Fnisene deres var smittsomme. Snart var hele stedet utbruddmed ukontrollerbar latter.

nøt latteren med alle andre, men holdt øye med alles
komme og går. Han var den selvutnevnte sersjant-at-arms. Hvis
noen kom til døren som han ikke visste, ville han bestemme om de
kunne komme inn. Rommet ville bli stille til disse tider. Kvinner ble
aldri nektet adgang. Senere samme kveld kom to karer til døren.
"Hva vil du?" spurte da han åpnet døren og så gjennom den revne
skjermen. "Vi hørte at de var en fest hennese, mann." En med tett
beskåret hår svarte trassig. "Er ingen fest her mann, du hørte feil."
Cow og Penguin hadde flyttet bak. Det var stillhet.

    "Hei Steve! Husker du meg fra Sylmar high? Det er George,
George McCarthy. Husker du meg? Jeg har vært borte, jeg har
vært i 'nam. Dette er kompisen min. Han kom nettopp tilbake. Vi
trenger et sted å gå mann." "Å, ja, hvordan har du vært mann?" Kua
svarte da lot dem passere inn i huset. Vennen hans hadde
uemotional glasert øyne som stirret rett frem. Mark så dem da de
gikk til baren der en joint ble passert. Vi hadde alle erfaring med å
returnere soldater som ble voldelige uten provokasjon. Likevel var
det vanskelig å vende dem bort. Selv "gropen" ble ansett som et
fristed for deres plagede sjeler. Cow snakket med George om deres
felles erfaringer på Sylmar high. Han rambled på om morsomme
situasjoner når autoritet hadde blitt undergravd. Han snakket som
om det var i går. George husket som om loftet til skolegutter var en
livstids past. Georges venn satt i baren med usynlige øyne. Han
strakte seg inn i lommen og trakk ut det som så ut som en joint.
Han tente den opp, og jeg gjenkjente straks lukten. Jeg hadde en
gang røkt en joint med den tørre lukten. Jeg hadde en high school
acquaintance som hadde gitt meg en lignende røyk. Etterpå
retched jeg voldsomt, men hadde en høy som jeg aldri hadde
opplevd før. Vietnameserne sørget for at de amerikanske GIs

hadde alt de ønsket av de mektigste stoffene. Han hadde tent en joint av ren hennesoin. Stoffet var så potent at det ikke var behov for mainline. Jeg lærte senere at min high school bekjentskap, en høy buskete rødhåret gutt som alle likte, hadde overdosert dagen etter og døde.

Mark luktet den brennende heroinen: "Vi vil ikke hanoe av den dritten her. Ku, ta vare på vennene dine! Faen, mann". Georges venn la fra seg fengselet. Med kalde fiskeøyer reiste han seg, snudde seg for å se på og strakte seg inn i lommen. reiste seg, snevret inn øynene og plantet føttene. Rommet ble dødelig stille. George hoppet opp, grep sin venn ved skuldrene og bønnfalt: "Hei mann, dette er våre venner. Vi er hjemme nå, mann, vi er hjemme." Han satte seg ned igjen med følelsesløse øyne. "Vi er hjemme", gjentok han. Damene oppfylteir-rollen i dramaet ved å trøste alle involverte. Snart gjenopptok den lave knurringen av samtaler. Penguin lukket knivskuffen og fortsatte å vaske oppvasken. Jeg gikk bort til ham og sa: "Jeg drar nå." "Ok Jim" smilte han. Mens jeg lette, ropte Cow over hodene på stille og sovende kropper: "Kom tilbake i morgen for en øl. Si til ham at han." Jeg vinket tilbake.

Da jeg gikk ut, så jeg ned kvartalet og så en LAPD-politibil. Jeg snudde meg, stakk hodet gjennom den åpne døren og ropte til: "Innbydende komité utenfor!" Han var midt i et lidenskapelig kyss med kveldens kjærlighet. Han vinket med hånden uten å bryte leppekontakten. Jeg gikk til min baby blå '61 Ford Falcon. I motsetning til de andre som kjørte senket 'shorts' medhøye rør og forkrommede hjul, foretrakk jeg små gamle damebiler som jeg kunne kjøpe billig og ikke trakk oppmerksomhet. Jeg startet den rette sekssylindrede motoren, slapp tre-trinns kolonneskifteren i første gir og lettet ut clutchen. Svart-hvitt fulgte meg ikke, men jeg var sikker på at en av de andre ville bli "rousted".

Da jeg kom hjem, fant jeg moren min sovende i den gamle oransje vingestøttede lenestolen. Hun så så liten ut i sin fillete kappe og slitte tøfler. Da hun åpnet øynene, sa jeg: "Du trengte ikke å vente på meg, mamma." "Jeg bare hvilte øynene mine", svarte hun søvnig, og det var det hun alltid sa. Hun kunne ikke legge seg før alle barna var inne, og hun låste og dobbeltsjekket alle dørene. "Hadde du det gøy?" "Jeg dro nettopp til Toms." "Det er hyggelig, god natt honning", hun kom bort, ga meg et kyss, og jeg gikk til sengs.

Mimrer

Jeg kjørte gjennom natten. Den kjølige daggry skumringen opplyste grå rader av identiske sporhus av de første vestlige forstedene til Chicago. Jeg satt i den trange cockpiten på sportsbilen Triumph TR4 i Triumph TR4 på riksvei 80 østover inn i byen. Jeg satt lavt med føttene rett frem i det lille rommet der gass-, bremse- og clutchpedalene var skjult. Den kjølige vinden blåste inn fra mellom sprekkene på filletoppen, vinduene og gjennom toppen av vindskjermen. Dekkene på trådhjulene sang en melodisk melodi mot de forskjellige mønstrene asfalt og betong. Den halsende fire-cylinder motoren presset eksos trygt gjennom eksoshoder og ut halerøret med en lyd av gledelig kraft fra å bli sluppet løs på den åpne veien. Jeg tilbrakte natten på et lite motell et sted i kornåkrene i sørlige Illinois. Det hadde gjortmitt første stopp, annet enn å kjøpe bensin og spise, siden jeg forlot Los Angeles et par dager tidligere.

Jeg tenkte på å se faren min; Jeg hadde ikke sett ham siden moren min hadde tatt ham, søsteren min og to brødre til California i 1963. Jeg hadde valgt å kjøre denne ruten fordi det var nærmest den gamle Route 66 som de hadde tatt på turen fra Indiana til California. Jeg husket noen av stedene jeg passerte og husket hvordan moren min hadde forsøkt å gjøre turen til en ferie ved å besøke turiststoppene underveis. Jeg og brødrene mine var ikke klar over den smertefulle forandringen som kom da milene gikk dag etter dag med å ri i den overbelastede Chevy II stasjonsvognen med

U-Haul-traileren på slep. Min eldre søster var melankolsk på turen; Hun hadde en deeper forståelse av hvordan deres mor hadde kastet alt bort for å søke etter et nytt liv i California.

Jeg satt og tok tak i det skinndekkede rattet og så ut gjennom de rene flekkene på frontruten, laget av de små vindusviskerne, da daggry lyste opp, og farger kom tilbake til husene og fabrikkene. Mitt lysebrune hår ble trukket tilbake i en hestehale. Håret i ansiktet mitt var ikke helt fullt skjegg; Det var et gap mellom sideburns og van dyke skjegg, men det var det beste jeg kunne gjøre i en alder av 19 år. Jeg hadde en trim muskuløs kropp som var mer et resultat av hormoner enn av trening. Jeg hadde også de sterke korte fjellbeina til fiordene fra mine norske forfedre. Mine hudtette Levi's var godt slitte og komfortable. Jeg hadde alltid brukket et nytt par Levi's ved å svømme i Malibu-surfingen med de stive buksene på. Etter kroppssurfing en stund, ville jeg ligge på stranden og la solen tørke dem til kroppen min. En dag som dette fikk jeansene til å passe perfekt. Jeg hadde på meg en blå rutete Pendleton ullskjorte for å vokte meg mot morgenutkastet.

Jeg passerte en veimarkør, som sa 'Old Route 66', og fløy ved å peke på en vei som gikk parallelt med motorveien. Jeg gled inn i erindring fra mange år før. Min mor hadde blitthjemme med barna i det nybygde ranch-stil huset som ligger i en rydding av de nordlige Indiana skogsområder. Faren min var sjelden her. Min mor var helt avhengig av mannen sin. Hun kjørte ikke eller hadde kontroll over pengene somfaren min tok med hjem. Hun var lykkelig i mange år i sin enkelhet til virkeligheten at faren min hadde en annen kvinne som jeg tilbrakte tiden min med ble åpenbar. Mitt siste år i Indians skogsområder var i omveltninger på grunn av min forelders frekkeargumenter. Min mor krevde endelig å lære å kjøre bil og å ha sitt eget kjøretøy. Min far kjøpte motvillig en gammel Jeep stasjonsvogn til henne. Styringsforbindelsen var så løs at moren min hele tiden måtte bevege rattet frem og tilbake mens hun kjørte for å holde den gamle jalopyen på de smale landeveiene. Hun hadde fortsatt å kjøre den nye Chevy II stasjonsvognen med samme oscillerende bevegelse av rattet, uten å innse at det ikke var nødvendig. Jeg husket at jeg så den lille rammen hennes sitte frem i setet og kikke forsiktig gjennom frontruten mange år før jeg manipulerte bilen lastet med barna sine og alle eiendelene hennes vestover på gammel rute 66.

Morgenduggen kondenserte på den kalde svarte hetten iden lille brødboksens sportsbil. De små perlene med vann rekylerte fra den svært voksede overflaten og rullet i et mønster rundt pukkelen på motorhetten som tillot plass til de doble SU-forgasserne som satt på siden og over motoren. Dråpenlar hoppe av voksen på den lille flate frontruten. Jeg slo på vindusviskerne et øyeblikk da det ble vanskelig å se, og så trekke meg tilbake igjen.

Den oransje soloppgangen silhuett den ennå lille Chicago skyline. Jeg nådde og skrudde på gummiknotten på AM, FM, kortbølgeradioen igjen. Jeg hadde hørt på den korte bølgen i løpet av natten. Jeg hadde fiklet med tuneren til jeg fant en engelsktalende stasjon. Jeg fant forskjellen mellom "nyhetene" i Amerika og "nyhetene" fraandre deler av verden svimlende. Dette forsterket min tro på at onde interesser kontrollerte amerikanske nyheter. Da daggry nærmet seg, ble kortbølgesignalene redusert fordi solen i øst ødela ionosfæren som de korte bølgene spretter av. I løpet av forrige dag var jeg bare i stand til å motta hick country stasjoner; Jeg avskydde den musikken. Jeg håpet å hente en rockestasjon i Chicago, men jeg var for langt unna. Jeg fisket adroitly med fingrene inn i det lille askebegeret på dashbordfølelsen for en "roach" jeg hadde forlatt der. Jeg trakk ut en "roach clip" og festet den gule fargede halvbrente "leddet" til den, og følte deretter for Zippo-lighteren som var i rommet ved siden av setet mitt over drivakselen. En kjæreste hadde forlatt sigaretten lighter et år eller mer før. Jeg hadde ment å gi den tilbake, men jeg likte måten toppen klikket tilbake med et trykk fra tommelen. Flintvalsen skjøt en volley av gnister på den våte veken, og den fanget flamme hver gang. Etter at "leddet" ble tent, snudde jeg den lettere toppen tilbake med et rungende, tilfredsstillende klikk. Jeg trakk den søte brennende røyken dypt inn i lungene mine og holdt den der. Til slutt pustet jeg ut, men bare en liten mengde røyk rømte.

Etter at jeg røykte det harpiks-gjennomvåte papiret helt til slutten, found den ytre verden blir innhyllet fra sansene mine. Jeg ble oppslukt av følelser som normalt ble stengt av fra bevisstheten. Dette var kjent for ham. Jeg slappet av og konsentrerte meg om de stiplede hvite linjene på veien. Triumfen så ut til å styre denselv. Monsterets store rigger begynte å passere støyende til venstre, og kastet skitten tåke på den lille frontruten og inn gjennnom sprekken mellom førervinduet og lerretstoppen. Jeg slo på vindusviskerne som etterlot en brun våt ring rundt glassets perimeter. Lastebilene sto bakfra, på siden og foran den lille svarte bilen. Jeg følte at jeg ble oppslukt av ansiktsløse rovdyr på veien. Jeg dyttet inn clutchen og slapp girskifteren, som satt på høyre side over drivakselen godt, inn i tredje gir, revved motoren, slapp clutchen og trakk dyktig inn mellom to store rigger, slapp girkassen i fjerde gir og akselererte raskt bort fra pakken med lastebiler. Jeg slo meg komfortabelt tilbake og satte kursen mot den rosa Chicago-skyline.

Da jeg nærmet meg byen, ble morgenpendlertrafikken tyngre, og jeg bremset. De uttrykksløse ansiktene i de store rustne bilene stengte seg rundt meg. Passasjen forble tung inn i byen. Konkreta og glassmonolitter sto kaldt foran. Jeg husket hvordan bestemoren min, mange år tidligere, hadde tatt broren min og meg på South Shore-toget fra Indiana inn i "Loop". Jeg visste ikke hvorfor Chicago sentrum ble kalt "Loop". Det må være en løkke et sted, tenkte jeg. Min mor hadde snakket om 'Loop' som om det var et mytisk sted som kunne besøkes en kort stund med en god grunn. Bestemoren min var fra Chicago-samfunnet. Hun hadde vært konsert klassisk pianist før hun giftet seg med min bestefar, Andrew Lee. Han var en vellykket norsk innvandrer som hadde dødd da min far var ung. Bestemoren min giftet seg til slutt med en velstående grunneier fra Nord-Indiana. Det var derfor min mor og far flyttet til Indiana fra Chicago. Min far var fra de rike nær nordsiden; Min mor vokste opp på et barnehjem i den vestlige utkanten av byen. Jeg kunne ikke forstå hvorfor de hadde giftet seg i utgangspunktet, selv om jeg visste at moren min var en attraktiv kvinne med sin rettferdige ski, kastanjehår og hasseløyne.

Min bestemor hadde tatt min bror Tom og jeg til togsporene kledd i hennes fine blomstrende kjole, skarpe svarte sko og en lue som hvilte på hennes omhyggelig preparerte platinahvite hår. De klatret ned embankment, under broen, og sto ved siden av sporene der sassafras trærne som foret skinnen mot ryggen. Jeg husket luktene av sassafras, kreosotten på jernbanen bånd oppvarmet av morgensolen, og min bestemors dyre perfume. Hun vinket toget ned da det nærmet seg med metallstigene på toppen av den oransje bilen og kastet gnister fra en elektrisk linje som løp over midten av skinnene suspendert av ledninger og hang fra isolatorer. Den store glass- og stålbilen stoppet som ved magi, og jeg slet med å klatre opp på det første trinnet på det gamle toget fra banen grus. Passasjerene som ventet på vinyldekkede benkeseter så på trioen med uinteresse da de fant ledige seter. Det var et flott eventyr.

Than tog rumbled gjennom skogen og de små skitne byene og passerte til slutt av den råtne egg lukten av stålmøller. De gikk av på Randolph Street undergrunnsstasjon i "Loop". Bestemoren min likte å handle på Marshall Fields, etvarehus med flere etasjer, ved foten av en av de utallige skyskraperne. Jeg og broren min var kledd i sine fineste klær og måtte være på deres beste oppførsel. Jeg husket hvordan vindkastene nesten ville velte dem når de snuddeet hjørne på de skyggefulle fortauskassene mellom skjærbetong og glass mens de holdt bestemorens hender blant de dyttende folkemengdene og ringehornene til utålmodige sjåfører.

Morgenen varmet opp da solen slo gjennom glasset og blindet meg. Jeg trakk ned visiret og løftet ikke øynene før de var skjermet. Bilene var støtfanger til støtfanger, stoppe og starte, som de krøp i masse mot byen. Jeg slo på gummiskiven på radioen, trykket på knappen for FM og fant en s tationsom spilte Led Zeppelin. Til slutt tenkte jeg. Jeg elsket Chicago. De fjellrike bygningene vokste etter hvert som trafikken nærmet seg sentrum.

Jeg fortsatte å huske hvordan bestemoren min hadde tatt broren min og meg på South Shore-toget inn i byen for å kjøpe en hatt. Hun likte å vise frem barnebarna sine og være tilbake i byen der hun var hjemme. De var fascinert da de gikk gjennom de endeløse gangene i det enorme varehuset til Marshall Field med

alle speilene og utstillingene, mens bestemoren deres triedpå

hatter. Det var gøy å gå seg vill og så finne veien tilbake til

damedelen og til hjørnet med sko, vesker og hatter. Jeg husket at

jeg så bestemoren min sitte på den fint polstrede stolen med de

tre-runde treinnrammede speilene foran henne. Da de snek seg inn

på bestemoren sin, kunne de se hennes gjennomtrengende dypblå

øyne se på dem mens jeg og broren min Tom stealthily nærmet seg.

Etter mye overraskelse gjorde den elegante eldre damen et stort

oppstyr om hvordan de hadde vært borte så lenge, og hvor flinke de

var til å ha funnet veien tilbake. Selgerne smilte.

Da hun hadde kjøpt og fått den spesielle hatten plassert i den

runde sølvforgylte hatteboksen med det flerfargede brede båndet

bundet til en bue på toppen, begynte jeg og broren min sin innøvde

appell for å besøke Feltmuseet. Den gamle damen visste at hennes

to barnebarns favorittsted var det omfattende naturhistoriske

museet ved siden av Grant Park langs innsjøen. Tom sikret seg

privilegiet å krysseden fancy hatteboksen da bestemoren min hyllet

en stor gul sjakkhytte til fortauskanten der de klatret inn og dro til

museet.

Jeg anstrengte nakken fremover for å kikke oppover gjennom

frontruten på den lille Triumph sportsbilen. Basene til de storeb

uildings var bare synlige nå som bilene tok de tilgjengelige

utgangene som lignet dype kløfter mellom rene klipper. Jeg kunne

ikke se toppen av bygningene da jeg trakk nakken over rattet. Jeg

husket hvorfor jeg trodde skyskraperne ikke haddenoen topper da

jeg var ung. De blanke ansiktene i skitne biler bremset i linjer for å

gå inn i ramper til høyre og venstre. Store rigger senket med dempede brøl da dieselene deres revved for å bremse de massive transportørene. Jeg våget dyktig fra kjørefelt til kjørefelt for å unngå de bremsende kjøretøyene.

Jeg fortsatte å mimre om år før da jeg, min bror og bestemor ble deponert foran det massive Feltmuseet. Jeg hadde stirret oppover på de store betongstolpene som støttet de trekantede pediment med de dekorative steinutskjæringene høyt over inngangen da de klatret ut av den store gule førerhuset. De brede lave trinnene klatret opp til massive jerndører sikret åpne for å hilse på besøkende. En gang inne i en stor bein munn av en Tyrannosaurus Rex hilserd uforsiktige gjester. De små hendene som stakk ut fra siden av skjeletthulen så komiske ut sammenlignet med resten av den massive drapsstrukturen fra lenge siden. Jeg og broren min tok en bred køye rundt beina koblet sammen bare for å være på safe-siden. De gikk med bestemoren siń, holdt hendene, for å se på noen av de naturlige utstillingene med sine rekreasjoner av habitat med utstoppede dyr bak store glassplater. De hårete mammutene og sabeltanntigrene delte sine livløse terrariums med hulemenn i pelsbelegg.

Mens jeg kjørte forbi den gåtefulle byen, vevet jeg sportsbilen mellom bilene og lastebilene på motorveien, med blendende bjelker av sollys som traff frontruten i korte øyeblikk gjennom vertikale sprekker mellom bygninger. Den rene lukten av kornåker og skogsområder ble overvunnet med eksosgasser, fabrikkutslipp og andre kjemiske lukt av byen. Den stille monotone droningen av motoren og dekkene mot fortauet i de fleste av de siste to tusen miles var nå skriking av dekk mot fortau, motbydelig belg av irriterte horn, og sputtering av de store bensinmotorer som de

jockeyed for sin rettmessige posisjon i unending prosesjon. Jeg
grep den store flate skinnbelagte styrehjuletmed hvite knoker da
jeg adroitly jobbet bremsen, clutchen og shifteren, og svarte på krav
utenfor kokongen min.

Jeg begynte å huske hvordan min bror Tom og jeg begynte vår
søken mens jeg var på museet for å besøke mumiene. Jeg og broren
min visste atbestemoren snart ville bli sliten. "Jeg må hvile en
stund, kjære," hadde hun sagt, "Jeg skal hvile i kafeen. Dere to er
ikke borte lenge," advarte hun.

Så snart de var frie, ville den etterlengtede utvekslingen
begynne. "Hvor vil du dra?" "Å, jeg vet ikke. Kan vi ikke besøke
mumiene, med mindre du er feig? Jeg er ikke kylling, du er kylling."
"Det er det ikke." Og av går de til den tredje kjelleren i den kolossale
bygningen.

De to første kjellerne hadde utstillinger av forskjellige slag,
ennd det var folk som freset rundt her og der. De to guttene kom
seg til en lang ende av den andre kjelleren der en smal betong svakt
opplyst trapp stod illevarslende. De var ikke sikre på om de fikk gå
ned disse trappene, men det gjorde det enda mer fristende. Sakte
kom de to brødrene seg ned den musky trappen, den ene dyttet
den andre fremover for ikke å være den første. Trappen gikk ned i
en grav hvor støvete mumiesaker satt proppet mot betongveggene
og jegay på bord rundt omkretsen av det lille rommet. Jeg og
broren min Tom gikk den ene rett bak den andre og sparket eller
snublet over den andre ved et uhell. Sakte, forsiktig, vi kom oss
rundt i rommet, hoppet på den minste lyden. Vi krøp opp på en
åpen sak med en brun klut dekket mumie eksponert inni. De gamle
fillene herdet og sprukket forming til den livløse huden som lå

under. Vi to brødre beveget oss som en, fast sammen av engstelse, forsiktig fremover mot den dusky kista. Som våre neser kikket over kanten inn i hvor den gamle kroppen lå; en lyd, muligens en cricket eller annen fryktinngytende støy, avbrøt deres delikate muse, og sendte de to scrambling ut av den forbudte graven, opp de svingete betongtrappene, end gjennom overrasket museumsbesøkende opp til hovedetasjen. Føttene deres bremset en gang i solskinnet igjen, og de fant raskt bestemoren sittende med sin kopp te i hjørnet av deco-stil kafeteriaen. Jeg husket hvordan de hadde sittet nær henne da de fikk igjen pusten. Det var en hemmelighet mellom oss to brødre alene.

Trafikken lettet da den gikk ut av byen. De høye, lange boksene som raste sammen med det lille kjøretøyet der jeg satt, åpnet mellomrom i mellom, og tillot concrete-fortauet å vise alle sprekker og ufullkommenheter. Dekkene til Triumph TR4 spratt mot sprekkene og tomrommene da jeg akselererte gjennom disse åpne områdene. De store vertikale strukturene i 'Loop' var bak nå, og den deprimerende vistaen på Chicagos sørside kom til syne. Forfalskede leiligheter abuttet motorveien med sine umalte verandaer stablet med søppel og ubrukte eiendeler. Kleslinjer løp fra stolpe til post hvorfra hang alle slags kluter og undertøy. Ther var sykler og trehjulinger langs de sprukne fortauene, og små svarte barn kunne sees i lek. Jeg trodde at barn overalt aksepterer sin situasjon uten kritikk og finner gleden av lek under alle omstendigheter; Dette må være en av sannhetene i vår eksistens. Etter hvert som vi blir eldre, blir vi misfornøyde med situasjonen vår. Barn godtar det bare. Jeg følte urettferdigheten. Noe må gjøres, tenkte jeg.

"Prosjektene" stod til venstre for meg. Det var stark murstein multistoried leiligheter, rad etter rad, med asfalt kvelende jorden mellom, forby noen grønne fra å vise gjennom. Ødelagte og kryssfiner dekket peeling malte vinduer prikket de første etasjene. Hauger av avfall fylt på blacktop overflaten.

Jeg ble skremt til virkelighet da den engelske sportsbilen begynte å drive fra kjørefelt da jeg mused på scenen til venstre for den hevede motorveien. En irritert lastebilsjåfør blåste lufthornet da de hvite knokene trakk rattet tilbake i kjørefeltet mitt. Hjertet mitt banket da den skitne store riggens cracked hissende dekk passerte innenfor tommer av den svarte og krom metallrammen. Mellomrommene mellom kjøretøyene i bevegelse økte etter hvert som hastigheten økte fra byen. Den bølgende veibanen førte til at den tette fjæringen av TR4 reagerte umiddelbart, og med presisjon da jeg økte tempoet. De forkrommede trådhjulene tro mot perfeksjon med den økende rotasjonshastigheten slik at metallrammen ser ut til å flyte over den grove overflaten.

De rustfargede byene i stålmøllene rastefremover. Jeg husket lukten av råtne egg fra lenge siden. Stanken ble uutholdelig da alt ble lagdelt med et rødbrunt belegg, og morgensolen dimmet under røyksekkene. Svovelet i luften brente nesen min. Det rustne monochrome landskapet i butikker og hus satt underdanig til de massive belgende stålfabrikkene. Jeg følte en uunngåelig depresjon omslutte dette terrenget av kull, brann og jernmalm. Jeg led for dem som bodde i dette landet. Jeg var utålmodig etter å være through det.

Jeg bremset inn i en kø som dannet seg ved bomstasjonene for 'Skyway'; en massiv ståltrøsset struktur som passerte over

togverftene inn i Gary. Jeg kjente hjertet mitt stige i halsen da jeg
så fremover, kastet de femti centene inn i bomstasjonenskatte cher,
og bremset bort mot den enorme broen. Som barn husket jeg å
krype på gulvet i min fars store '56 Cadillac da de passerte over
'Skyway' på deres sjeldne besøk til slektninger i Chicago. Jeg
passerte linjer med lastebiler som sutret i lavtg-øre, noe som gjorde
en langsom jevn skråning opp den firefelts asfaltveien.
Tredimensjonale innkattert stålstoler vokste i høyden til høyre og
venstre til de ikke lenger kunne ses gjennom den lille glassruten.
Jeg kunne se ned på den massive spaghettien av jernbanespor og
kassevognene som så ut som de små HO-leketogene de hadde lekt
med som barn. Jeg trakk øynene bort fra den underliggende scenen
da kroppen min spente og den energiske bilen fortsatte å klatre. På
toppen kikket jeg over stupet av blacktop og stål og så ut over små
rustne bygninger og de belgende møllene langs kanten av den blå
buede uendelige innsjøen. Blast ovn skorstein spir skutt opp som
brølende nåler langs innsjøen. Som da jeg var ung, trodde jeg bare
at neivar å komme meg ned og av den fryktinngytende strukturen.

En gang forbi Gary la jeg merke til at luktesansen min hadde
blitt dempet av det tørre svoveldioksidet som hadde gjennomsyret
luften. Lukten av råtne egg hadde avtatt ubemerket da jeg hadde
gått gjennom det tunge industriområdet nord i Indiana. Jeg begynte
nok en gang å legge merke til luktene av skog og jordbruksområder
da nesen min kom seg etter det brutale angrepet. Den tette skogen
stengt på motorveien danner en mørk barriere mot sollyset.
Gresskledde grøfterforet veibanen med flekker av gule daylilies og
oransje Turks hatt liljer var basking i solen og fuktighet på bunnen
av gresskledde huler. Trærne ventet tålmodig på muligheten til å
gjenvinne disse stripene av åpen bakke. Fragra-nces i luften minnet

meg om for lenge siden. Jeg hadde forundret meg over hvordan en lukt kunne påkalle et minne om en bestemt tid og følelser. Tankene mine løp av minner da luktene av skogsområdene kom rushing tilbake til meg. Skjønnheten i dette stedet og majesteten of trærne virket som en drøm for ham, til nå. Jeg falt i en surrealistisk transe, og vantro virkeligheten til panoramaet som jeg var vitne til. Jeg trakk den lille engelske sportsbilen av hovedveien og stoppet for å brette det svarte lerretet ovenfra og ned, med detgule vinylvinduet bak, og lagret det pent på baksiden av de brune bøttesetene. Jeg stirret inn i mørket mellom de mørke bjeffede trærne før jeg gikk tilbake til prosesjonen av kjøretøy som kjørte for fort forbi. Jeg var nå i stand til å se opp på de ruvende trærne ens motorveien kuttet en sti gjennom dem. Luften var kul, men behagelig. Blacktopen var skyggelagt, men da solen steg høyere på himmelen, kjærtegnet de varme innbydende strålene I's solbrune ansikt i lengre perioder.

Gjenforening

Pågripelsen vokste da jeg lette etter riksvei 39, avkjørselen mot La Porte. Min far bodde omtrent tolv miles nord for den lille byen og omtrent 8 miles sør for Lake Michigan kysten. Jeg følte at selv etter alle disse årene ble landet igjen kjent for meg. Jeg gikk ned etter å ha gått inn i off-rampen. Eksosen sang sin halsende sang da motoren revved å bremse. Jeg stoppet og betalte bompengene på båsen til den vennlige ledsageren som virket glad for å ha selskapet. Dekar med nyklippet gressomringet bomstasjonen og vedlikeholdsfjøset som satt i nærheten. Jeg akselererte sakte luktet det søte gresset og følte varmen fra solen i ansiktet mitt. Likevel ble jeg anspent med tanken på å se faren min etter alle disse årene. Frem til nå hadde jeg vært på veien uten å innse at reisen endelig ville ta slutt, og jeg måtte konfrontere alle usikkerhetene mine. Jeg kunne ikke forestille meg å møte stemoren min; Jeg visste ikke noe om henne. Min mor var sikker på at hun var en heks. Jeg lurte på om det kunne være slike mennesker. Jeg vurderte å vende tilbake; Kanskje alt dette hadde vært en feil. "Nei," tenkte jeg, "nei. Jeg er for trøtt, og jeg har nesten ikke mer penger, og jeg vil treffe pappa. helvete med henne."

Riksvei 39 nord for La Porte var en velpleid tofelts blacktop med en dobbel gul linje nedover midten og nymalte hvite linjer langs skulderen. Store felt foret veien der trærne hadde blitt hugget ned mange år tidligere. Langt bak var rette linjer av mais og soyabønner som vokste jevnt med kraft fra den svarte jorda. Våningshusene og verftene var godt vedlikeholdt, ryddige og vakre. Jeg husket da jeg var ung hvordan jeg elsket å besøke vennen min som bodde på en av disse utsøkte Indiana-gårdene. Gårdsguttene var alltid opptatt, det virket, men jeg misunnet dem. De gamle låvene var store og hadde en musky lukt som var rik og kraftig. Selv skurene som huset dyrene hadde en lukt som var full av liv. De store våningshusene var generelt hvite med en trimfarge som skiller den fra naboene. De store gambrel takbelagte låvene var hvite eller røde, med en kontrasterende trim som reflekterer i solen. Verftene var godt slitt skitt eller pakket grus som løp fra våningshuset til låven og de andre uthusene. De store traktorenesom satt utenfor var fargerike mekaniske dyr som ventet utålmodig på å slite for sine mestere. De endeløse radene med planter strakte seg mot solen. Trærne langt bak de ryddede feltene ventet tålmodig på å gjenvinne dette åpne rommet.

Jeg slo av tofelts motorveien på en smal landevei som ville ta meg til barndomshjemmet mitt. Det var små, ryddede hvor mais ble plantet, men de fleste av hjemmene ble plassert i clearings som ble overhung med svart valnøtt, hvit eik eller andre innfødte trees. De små gressgårdene var generelt skyggelagt bortsett fra strålende solfylte flekker. Trærne veltet veibanen som et baldakin. Minnene fra for lenge siden som gikk ned denne banen mot hjemmet, strømmet inn i ham. Jeg husket mange av husene og la merke til hvor lite de hadde forandret seg og besøkte skolevenner i noen av disse husene. Jeg lurte på hvor de var nå. Det var noen nye hus skåret inn i trærne; Disse skilte seg ut som et arr. Det ville ta tid for skogen å helbrede seg selv. Jegpas sed over South Shore jernbanespor broen. Jeg stoppet for å se over siden av den lille broen og kunne nesten se bestemoren min, broren min og meg, og ventet på å bli hentet for et Chicago-eventyr. Broen virket ikke så stor nå. Jeg svingte til venstre på 125 Øst, som i en drøm, mot det som en gang var hjemme.

Den smale banen endte på sidene i gresskledde grøfter som dannet en buffer fra tribunene til svarte, grove bjeffede trær som grepet inn på kantene. De dype grønne bladene tillot flekkete sollys å slå mitt eksponerte hode og kropp da den kjølige søte luften kom inn i neseborene mine. Jeg passerte et lite gammelt hus med et sagging tak og brun helvetesild sidespor som jeg visste var huset familien min hadde i bodde da jeg ble født. Ved siden av dette var et stort hus med peelinghvit maling og delvis dekket trim dær to av mine barndomsvenner hadde bodd. Jeg og broren min hadde besøkt de to brødrene, som hadde bodd der, og hadde spilt i den delvis kledde, umalte låven. Maiskolbekampene kan vare mesteparten av en lang sommerdag. Jeg gikk forbi Valstorffs gårdshus og husket å gå med moren min nedover denne veien så hun kunne ta en kaffe med fru Valstorff.   Utover raden med trær til høyre ble kjøreturen til min fars ranch-stil hjem synlig. Jeg bremsetog ble slått av hvor annerledes huset så ut enn det jeg husket. Min far hadde plantet trær rundt det nybygde huset da jeg var ung. disse trærne og andre som jeg senere hadde plantet hadde vokst til å omringe og skygge huset som haddeblitt refinished med en veileder stil stucco finish. Jeg snudde meg mot grusdriften med gresset som vokste mellom dekksporene og sakte kom meg mot forsiden av huset. Jeg så langt ned på stien som endte inn i en svart åpning i de cienttrærne som virket små på grunn av avstanden.

I stedet for å stoppe ved huset, fortsatte jeg tilbake langs denne kjente stien. Min far hadde et tre barnehage som dekket omtrent ti hektar av sandjorden som var vanlig for dette området i

Indiana. Grådighetved sanddyner langs den sørøstlige kysten av

Michigansjøen strakte seg mange kilometer innover i landet og

hadde blitt dekket av krystallmyrer og bekker som var tett

skogkledde. Den årlige store nedbøren langs det som kalles

snøbeltet langs destore innsjøenes ytre bredder, gjorde dette til et

land med tykk vegetasjon, villblomster og mangfoldig dyreliv.

Treplanter, plantet i rette rader, hadde sandjorden flislagt i mellom

for å holde ugresset nede. Ved siden av nyplantede kvister var

kvistersom hadde vokst til noen få meter og fikk løvet trimmet til

tette runde baller. Radene utvidet seg på høyre side til et tre av

ruvende trær, og til venstre endte det inn i et felt med lavt

voksende soyabønner som solte seg i solen. Luften var fuktig med

en sødme som transporterte meg til en tid fra lenge siden. Jeg

fortsatte nedover den gresskledde stien og undret meg over

blomstene til de rosa, røde og hvite krabbetrærne som blomstret

med en uhemmet vitalitet. Jeg passerte en rad med svarte

valnøtttrær som hadde vært left mellom frontfeltet og en mindre

rydding bak som hadde blitt plantet med skotske furutrær, da jeg

var ung, for å bli solgt som juletrær. Disse hadde fått lov til å vokse

og var nå høye og spindly fordi de ble plantet så tett together.

Sollyset var skyggelagt helt på banen mellom disse overgrodde

juletrærne. Den antiseptiske lukten av furu overmannet alle andre

dufter. En hjort begynte å dart rundt hodet mitt da jeg krøp sakte

langs den sjelden brukte stien flatt igresset med dekkene på de lyse

kromtrådhjulene. Jeg husket raskt disse truende insekter fra lenge

siden. Mindre at en hestevogn, deerflies var utrolig rask, på jakt

etter et bart stykke kjøtt å bite og suge blod fra. Når den hadde

funnet et potensielt offer, ville ikke sirklen opphøre før en bit ble laget. Jeg tok en lue bak passasjersetet og trakk den langt ned over den eksponerte pannen min.

Den tette tunnelen gjennom furutrærne åpnet seg til en liten rydding som hadde blitt klippet på engang. Den lyse solen lyste opp den lille bilen som hadde en disig film som dekket det blanke, svarte belegget. Jeg la merke til dette for første gang og avla et løfte om å rengjøre bilen fra topp til bunn ved første anledning. Jeg stoppet bilen, følte engine komme til en takknemlig stopp etter alle de endeløse miles. Jeg åpnet den tynne døren, satte den ene foten ut, og så den andre. Jeg tok tak i døren for å hjelpe seg selv til å stå. Bena mine var svake fra atrofi av å sitte på det lille skinnsetet, og bare jobbet medclutch, gass og brems de siste dagene. Jeg kjente pinner i kalvene mine da blodet stormet inn i de ubrukte musklene. Jeg tok et dypt åndedrag, gjorde et par dype knebøyninger, tok et ineffektivt sveip på hjortflyet og begynte å gå mot bekken. Vihadde kalt det "crick". Jeg gikk langs den brede nyklippede engen som førte ned til et åpent gresslette langs den buktende vannveien. Jeg lyttet mens bekken bablet sin uopphørlige historie uncaring hvis noen var der for å gi akt på. Jeg hørte på den samme sørgende historien som om jeg ikke hadde forlatt noen åtte år før. Jeg gikk nærmere den overhengende gresskledde banken for å se ned i det glitrende raskt rennende vannet da det stormet over en sandbanke og undergravde den fjerne bredden. En leopard frosk sluttet å croaking og gled inn i et stille basseng langs bankkanten. Sollys glitret av repeterende krusninger som dannet seg i en uendelig prosesjon av flyt og midlertidig blindet meg mens jeg stirret, lyttet og mimret. En rødbrun krepse walked på sine edderkoppben langs den bølgende bunnen da dens segmenterte pansrede hale dannet en sandsti i det klare rennende vannet.

Tiden gikk ubemerket hen. Jeg husket hvordan min bror Tom og jeg ville klatre eik og svarte valnøtttrær opp så høyt som branches ville holde oss. Jeg ble overrasket over at dette magiske landet fortsatt minnet ham om det hundre mål store treet i Winnie the Pooh; Jeg var bare ikke Christopher Robin lenger. Bekken knurret en dyp gammel visdom som jeg bare ikke helt kunne forstå. Det var enough å vite at svarene fortsatt var her blant gresset og blomstene og trærne, men annerledes enn den fargerike visdommen som ble snakket til ham mens han var i ørkenen høyt oppe på LSD eller meskalin. Jeg ble overmannet av følelser da fortiden oversvømte him.

Solen gikk mot vest og kastet lengre skygger på engen med bekken som løp buktende under sine gresskledde vollgraver. Levi-ene mine var våte av å sitte i gresset på en av disse haugene. Stillheten i meditasjonen min hadde gjort det mulig for fugler og frosker å gjenoppta sin vokalsymfoni. Da jeg beveget meg for å strekke på beina og dra de trange buksene ned fra skrittet mitt, opphørte refrenget. Jeg var nok en gang en inntrenger i denne private verden. Jeg visste at jeg måtte dra tilbake til huset for å treffe faren min og møte stemoren min. Jeg hadde en fred fra min tid på dette stedet som ga ham styrke til å møte det ukjente. Jeg var glad for at jeg kom hit. Dette spesielle stedet hadde aldri forlatt ham. Jeg gikk resolutt tilbake til den skitne lille bilen som haddetatt ham over 3000 kilometer. Den satt i klaringen på gresset som en venn som kunne stoles på. Jeg satt tilbake på det solbrune skinnbøttesetet og gled bena fremover inn i det begrensede rommet foret med korthåret møbeltrekk. Jeg turned tasten og trykket bakelite startknappen. De fire sylinderne hoppet i rekkefølge og slo seg ned i en enkel tomgang. Jeg kjørte sakte tilbake gjennom furutrærne mot den solfylte åpningen i den andre enden. Baldakinen av blader åpnet for å avsløre radene av forskjellige typer prydtrær og treplanter til høyre og venstre. Jeg beveget meg sakte og så ned mellomrommene mellom de unge trærne, og la merke til en figur som krøp over en frøplante kvist opptatt med konsentrasjon. Jeg stoppet bilen, gikk ut og begynte å gå mot figuren. Da jeg kom nærmere, kunne jeg se mannen ha på seg brune andedrakter, en rutete skjorte og hadde på seg arbeidsstøvler med høy topp. Han hadde en blå klut kort, brimmed lue som ble trukket fremover på hodet da han så intensjonelt ned på tree frøplanten mens han utførte kirurgi. Jeg stoppet stille; mannen mistet konsentrasjonen, og sto vitne til prosedyren. Hans små hender med brune flekker på ryggen, nesten som fregner, holdt en kirurgkniv adroitly mellom pekefingeren og tommelen. Den nyplantede frøplanten var omtrent seks tommer høy. Et snitt ble gjort omtrent en tomme lang vertikalt inn i cambia, eller bark, av frøplanten. Langs toppen av dette vertikale snittet ble det gjort et horisontalt snitt omtrent halvveis rundt den lille akselen. Han trakk deretter en kvist fra baklommen, plukket opp barberkniven og gjorde et avlangt kutt rundt en knopp som var like over et blad som hadde blitt trimmet av. Denne knoppen ble forsiktig skrelt av kvisten og avslørte et lite halvt rundt papir tin stykke levende plante. Han tok deretter kniven min og trakk opp klaffene på frøplanten i bakken og gled denne knoppen under kambia. Han tok dyktig et stykke flat rosa gummi, holdt den ene enden i bunnen og pakket den rundt snittet, og var forsiktig så han ikke skadet den levende knoppen som stakk ut mellom klaffene. Den knelende mannen viklet deretter gummien over snittet, og trakk forsiktig den løse enden av båndet under en av innpakningene for å sikre den.

Han rettet opp, la hendenebhind den lille av ryggen, og buet tilbake for å strekke seg. Så så jeg opp og så ham stå stille i nærheten. Han reiste seg sakte, stirret og sa: "Jim?"

"Hei, pappa." Jeg svarte. De to stirret stille på hverandre i det som virket lenge. "Herregud, du har forandret deg." Pappa sa det. "Det er lenge siden" "Når kom du inn?" "For et par timer siden. Jeg gikk tilbake til bekken og satt en stund." "Virginia vet ikke at du er her?" "Nei, jeg stoppet ikke i huset." "Hun har vært bekymret for deg. Det siste vi hørte du hadde forlatt Los Angeles for tre dager siden? Pappa formante forsiktig. "Har du ringt moren din for å fortelle henne at du er her?" "Nei." "Du må gjøre det først etter at jeg har introdusert deg for Virginia." Han sluttet å snakke, så carefully i øynene mine og sa: "Hun er virkelig en fin dame du kjenner." Jeg svarte ikke, men senket øynene. "Vel, vi har absolutt mye å ta igjen, jeg vet knapt hvor jeg skal begynne." Min far børstet sanden fra knelappene fra sine brune kjeledresser, dyttet kluthatten opp på den forvitrede pannen og smilte for første gang da han så ut av dype blå øyne som han hadde arvet fra sin mor. De gikk tilbake langs raden med små treplanter som hadde rosa gummibånd bundet på bases. Solen gikk bak skogen i vest, skygget det meste av barnehagen da de kom opp til den lille skitne svarte sportsbilen som satt i kjørefeltet.

"Det er en pen maskin." Pappa sa godkjennende til meg. " Det er en '63 Triumph TR4. Jeg gjenoppbygde henne rett før jeg dro hjemmefra. Triumph var et engelsk traktorselskap før de begynte å lage biler. Motoren og rammen er fortsatt bygget som en traktor. Jeg fikk stempler og sylinder ermer som brakte henne fra en 1600cc opp til en 2000cc forskyvning. Jeg haren venn hvis bror eier et maskinverksted i Burbank og kjører Formel 1-biler. Jeg styrte meg til butikkene som gjør maskinarbeid for Ferraris og McClellan er at hans bror raser. Jeg har forkrommede stålventiler og silisium bronseventilførere", jeg stoppet i midten av setningen da jeg så opp for å se pappa som prøvde å ikke se forvirret ut. Jeg husket at faren min ikke var bilmekaniker. "Jeg har gjort noen spesielle ting med det." Jeg avsluttet klosset. "Det må rengjøres."

"Vel, vi får god tidtil å se på den maskinen." Pappa sa det. Da de begynte å gå ned gressbanen sammen, som om de øvde, la pappa hånden min på skulderen min, forsiktig, ikke sikker på svaret jeg ville få. Jeg følte at tårene begynte å komme godt opp bak øynene mine. Jeg dyttet en fingernakraftig inn i håndflaten min, til smerten tillot følelsene å passere. De gikk stille forbi den høye hvite dronning Anns blonder og milkweed som hadde rømt fra gressklipperen. Den kjølige luften sent på ettermiddagen var som en tonic. De kunne høre vinden blåseg høyt over rustling bladene på toppen av trærne. De gikk sakte, ubehagelig, på sandjorden mellom gresstoppene som passerte av de duftende treblomstene som surret med insekter som febrilsk fortærte nektar. Pappa hadde sklidd hånden fra skulderen min forvirret av stillheten.

"Trærne er kule." Endelig bemerket jeg det. – Krabbene er spektakulære når de blomstrer. Blomsten er kortvarig, men krabbene som dannes på sensommeren er en dyp rød og veldig prangende. Fuglene elsker å spise dem." Pappa svarte. – Vi får mange ut av Chicago som kjøper dem. Vi tar en premie til de Chicago-folkene, humret han.

Jeg smilte. Jeg hadde en dyp følelse av at det var et bånd av blodet som løp tykt og dypt i årene våre som var uforanderlige. Jeg husket lengsingen etter min far som jeg hadde da jeg vokste opp. Da jeg gikk med ham, var det en surrealistisk følelse som jeg var redd for at jeg ikke ville være i stand til å holde tilbake. Jeg stoppet, fikk pusten, grep hendene i stramme knyttneve og lukket eJa. Pappa stoppet noen skritt foran, snudde seg bort og lot meg få min tid. Jeg tørket øynene, trakk lommetørkleet fra baklommen og blåste nesen min. Jeg pustet dypt, og med en brukket stemme sa jeg: "Jeg lurer på hva som er til kveldsmat, jeg er sulten."

Den mellomstore ranchstilen 'tee' formet huset som faren min hadde bygget, før jeg begynte på grammatikkskolen, kom til syne under baldakinen av trær som omringet den. Den hadde en brunfarget grov gipsfinish med dekorative fargede bjelker som brøt veggene i tutor-stil. Det var et stort bildevindu vendt ut fra siden i den nære enden som var på moten på slutten av 50-tall. Utenfor den lange siden av "tee" -formen ble bygget ut med jernbanebånd inn i en uteplass som var fylt med brun murstein. Jernbanebåndene ble dannet ut og ned fra terrassen og opprettet plantesenger som var fylt med pent arrangerte blomstrende planter. Gule påskeliljer med hvite trompeter, røde, rosa og hvite tulipaner, og lilla hyacinter prikket den svarte jorden i sengene. Pappa end jeg strode opp jernbanen slips trinn på murstein patio. Pappa åpnet den grønne emaljerte inngangsdøren, gikk inn og ringte: "Virginia, Jim er her!"

Jeg gikk inn bak pappa i den lille inngangen som var rikt panelert med finferdige eikepaneler. En petite lysekrone hang fra elfenbenet glatt pusset tak og opplyste et lite antikk bord som hadde porselensfigurer og en posepotte full av duftende potpourri. Foran var et rundt lønnebord med matchende stoler. På dette ble lagt en nyvasket spiseklut med en vase påskeliljer i sentrum. Da jeg kom inn i spisestuen, la jeg merke til et maleri på veggen til en gammel kvinne som rørte en gryte over en støpejernsovn som hang på veggen. Kvinnen hadde ikke noe ansikt; Maleriet var ikke ferdig. Pappa kom bort til der jeg stirret på det store maleriet. "Jeg skal avslutte det en dag", sa han, "Jeg prøvde å kopiere stilen til de gamle mesterne, men djevlene er i detaljene." "Det ser ut som bestemor", bemerker jegat han fortsatt stirrer på det tykt malte lerretet.

Virginia kom inn fra bakrommet og inn på kjøkkenet og festet fortsatt sitt tykke lange blonde hår mesterlig inn i en dekorativ bolle på toppen av hodet. Hun hadde på seg en enkel huskjole som ikke kunne skjule de store brystene og kurvene i kroppen hennes. Hun hadde et perfekt proporsjonert ovalt ansikt med fremtredende kinnben og en skarp nese med en liten vinkeldump som ikke forringet perfeksjonen. Jeg ble slått av hennes overveldende nærvær da hun kom inn i spisestuen, så trygt på meg, stoppet kort og sa: "Min, du ligner så mye på faren din." "Hei" Jeg begynte å nøle, "Det er hyggelig å møte deg", og glemte den innøvde kalde skulderen som jeg skulle ha portrettert. Virginia så på ham iquisitively. "Du høres ut som faren din også."

"Vel," begynte pappa, "La oss spise litt kveldsmat. Jim har ikke spist, og det har vært en lang tur, har det ikke? "Det har vært en lang tur, for å være sikker." Jeg svarte smilende svakt. Virginia, som nå har kontroll igjen, sa: "Jim, jeg skal vise deg hvor rommet ditt er. Du må rydde opp før middag, kjære. Ralph kjære, gå ut bak og ta tak i den kurven med greener som jeg valgte tidligere. Jeg vil at Jim skal ha et godt måltid etter turen. Kjære, du må fortelle meg enll om det. Jeg er så glad for at du besøker oss. Ok, dere to skynder dere så vi kan spise. Jeg har en steke i ovnen som snart skal gjøres. Liker du svinekjøtt, kjære? Uten å vente på svar, skyndte hun de to forvirrede mennene til sine oppgaver end begynte å mase om på kjøkkenet, som hadde matlagingsaromaer som gjorde at jeg ufrivillig begynte å salivere.

Virginia hadde laget en seng til meg i hiet som var et lite rom med en dør som førte ut til garasjen på ytterveggen. Det var et skrivebord ihjørnet med papirer, blyanter og penner ordnet på en metodisk måte. Ved siden av var det et bord som hadde håndverk i ulike stadier av ferdigstillelse sammen med materialer og lim som ble brukt. Sengen hadde friskt sengetøy og en ekstra dyne pent brettet ved foten. Jeg luktet den kjente musky lukten av et hus som bodde i et fuktig miljø. Jeg husket den jordiske lukten selv om jeg hadde levd i så mange år i den tørre ørkenluften i sørvest. Det var ikke ubehagelig; Det var en annen av de duftene som brlenge burde glemme følelser som flommet inn i min bevissthet. Jeg begynte å føle at jeg var en liten gutt i dette huset igjen.

Jeg sto i dusjen og lot varmtvannet renne over ansiktet mitt da jeg lukket øynene nesten i en transe. Jeg følte årene renne ned med gurgling vann. Jeg hadde ikke før det øyeblikket vært klar over veien grime blandet med svette som belagte kroppen min. Først etter at jeg pusset tennene og håret og trakk et rent par falmede Levi's og en t-skjorte over kroppen min, begynte jeg åføle meg som seg selv igjen. Jeg følte styrken komme tilbake i mine lemmer; den eventyrlystne ånden tok tilbake kontrollen over meg. Jeg var nå i stand til å møte det som konfronterte meg. "Gud er jeg sulten", tenkte jeg for seg selv.

Jeg gikk fra bakrommet gjennom kjøkkenet som hadde kobberbunnpotter og panner hengende fra et stativ over kokeplaten ved siden av de to innebygde ovnene. Vasken var sentrert over et stort bildevindu med utsikt over blomsterbedene utenfor terrassen. Himmelen hadde snudd en rosa rød da solen falt towards tretoppene. Den overdådige aromaen fra mat som hadde blitt tilberedt var tung og deilig overveldende. Virginia var opptatt ved spisebordet og arrangerte keramiske serveringsretter som satt på dekorative metall-dais for å forhindre at varmen skadet lace doily i midten av det runde bordet. "La oss spise!" sang hun ut.

Jeg gikk sakte, forsiktig inn i spisestuen og sto bak en stol på den andre siden av bordet. Pappa kom inn fra bakrommet: "Jeg håper det kommer til å være nok spinat greens, kanskje du burde ha valgt litt mer. Jeg er sikker på at det blir nok, kjære. Kjære, sett deg. Du må være utsmykket. Du er en kjekk gutt. Ralph, sett deg, la oss begynne. Jeg lagde noen kamskjellpoteter og kremede ferske gulrøtter til deg omhagen vår. Her begynner du med litt svinekjøtt. Jim, legg litt salat i bollen din. Flytt potetene nær ham. Liker du kamskjell poteter kjære? "For guds skyld, la gutten slappe av et øyeblikk Virginia." Pappa sprang ut. Virglnia smilte koselig til pappa og sa: "Ja kjære", blunket hun til meg.

Jeg husket da jeg var ung at min far hadde vært veldig streng med sine barns bordmanerer. De hadde blitt lært alle de riktige manerene i kontinental stil. Jeg så nøye på faren min som så ham nøye da jeg brettet klutserviettene forsiktig på fanget mitt, og brukte deretter serveringsredskapene til å plassere maten forsiktig på tallerkenen min i et symmetrisk mønster. Pappa så intensjonelt på da jeg plukket opp gaffelen i left-hånden, kniven min i høyre, og kuttet svinekjøttet i biter av bittstørrelse. Selv om den engelske stilen er å holde gaffelen i høyre hånd og kutte med venstre, nødvendiggjør den kontinentale prosedyren at gaffelen byttes tilbake til høyre hånd etter atkjøttet er kuttet. Jeg tok derfor friheten til å kutte mange stykker kjøtt på en gang før jeg byttet gaffelen tilbake til høyre hånd for å spise. Jeg så opp fra hjørnet av øynene mine på pappa som så på teknikken min, og når jeg endelig var fornøyd, signerer pappaaled godkjenning, og begynte å spise.

Jeg så på melkebegeret som ble plassert bak tallerkenen min, og det utløste en erindring om da jeg var ung. På søndager, etter kirken, lagde min mor søndagsmåltidet vårt. Dette var den mest formelle av måltidene deres ett-hjem, og pappa ville være spesielt kritisk til at barna mine skulle oppføre seg riktig ved bordet. Min eldre søster nærmet seg tenårene, og min yngste bror var fortsatt før skolen. Når bordet var riktig satt, hadde hver av dem et beger med milk plassert forrædersk nær bak platene sine. Glasset avlange kopper ble plassert prekært på toppen av en stamme som så ut som en serie glassbobler plassert oppå hverandre. Begerene slo frykt inn i hvert av de fire barna og moren vår. Etter hvert som måltidet utviklet seg, var hver av dem fokusert på at melkebegeret ikke skulle veltes. Dette ble den overordnede bekymringen for måltidet da pappa ville advare barna sine: "Ikke snakk med munnen full", eller "Hold gaffelen riktig", eller "Ikkehakk over toppen av brorens tallerken, be ham om å gi serveringsfatet til deg."

Det var et kappløp mot tiden. Kan de få gjennom et søndagsmåltid uten at katastrofen inntreffer? Uunngåelig ville en uforsiktig hånd eller arm eller tallerken beveget seg for lavt ville klinke på en begert, og melken ville søle på den hvite lin spisekluten og under serveringsrettene. Først ville det være stillhet da pusten ble holdt og håpet var at det ville passere uten hendelse. "Det er greit, min mor hadde trøstet seg. "Det er ikke greit", brølte pappa, "Kan vi ikke komme oss gjennom ett søndagsmåltid uten at noen søler melken?" "Det var en ulykke", protesterte moren min ydmykt. Pappa satt surt. Jeg, mine brødre og søster, og min mor satt med øynene nedslått. Måltidet var ferdig i stillhet.

Jeg husket at jeg satt ved spisebordet for lenge siden. Jeg så opp på begeret fylt med melk og underholdt forestillingen om å velte begeret, her og nå. Et glis blinket inn i musklene i mitt nyvaskede ansikt. Jeg så opp på pappa som så på meg med vilje. Han så ut til å vite hva jeg hadde tenkt. Jeg så ned på tallerkenen min med et skammelig ansiktsoppmerksomt forhold. Jeg mistet gliset, plukket opp begeret og tok en lang trekk av den kule hvite melken. "Maten er flott," sa jeg etter swallowing. "Jeg er glad du liker det kjært," svarte Virginia, "ta noen flere poteter," sa hun da hun ga platen til meg. Jeg tok tallerkenen, og med den store sølvserveringsskjeen stablet jeg de brune potetskivene med kremet saus på et hjørne av tallerkenen min. Jeg prøvde å spise sakte og adlyde de riktige bordmanerer, men glemte snart alle de riktige manerer og begynte å spise med forlate. Jeg snakket ikke. Jeg så opp på Virginia som var strålende over at maten hennes ble så likte, men tilsynelatende ikke var i stand til å spise herself mens jeg så på min entusiasme. Da magen min begynte å fylles, bremset jeg, satte gaffelen på kanten av tallerkenen min med håndtaket hvilende på stedet innstilling klut, satt tilbake i stolen min, og så opp på pappa og Virginia med et fornøyd glis.

"Sist gang maten smakte så godt," begynte jeg, "var da jeg stoppet i Ozarks for et par dager siden." Jeg så på faren min og stemoren min som viste stor interesse, så jeg fortsatte: "Jeg hadde ikke spist mye av noe siden jeg forlot LA. Jeg gikk av den viktigste road og kjørte inn i noen vakre åser av trær og enger til jeg kom inn i en liten by som ligger i en hul i enden av veien. "Kom igjen, det høres så interessant ut. Stoppet du for å spise?" Virginia oppmuntret meg. " Jeg stoppet på en liten restaurant som hadde et fortau i tre som var dekket med et overheng. Da jeg kom inn, så jeg det mest uvanlige," så jeg opp for å se om lytterne mine var engasjert i historien min. "Uvanlig, hva?" Pappa kommenterte: "Hva så du?" "Da jeg kom inn," fortsatte jeg, "La jeg merke til noe ganske sjokkerende," stoppet jeg for effekt, "da jeg kom inn, alle menneskene, og det var kanskje ti eller femten, så de alle like ut. Jeg mener, alle så like ut. Ingen av dem kunne ha vært mer enn fem fot høye, de hadde alle et sandblondt hår, og de hadde alle firkantede hoder med en slags pug nese. Pappa og Virginia lyttet intensjonelt mens jeg fortsatte: "De var de hyggeligste menneskene du noensinne kunne møte. Da jeg kom inn, snudde alle seg for å se på meg, smilte og så ut til å være veldig glad for å se meg. Jeg prøvde å skjule overraskelsen min på den uvanlige scenen; å være fra Los Angeles, er jeg ikke vant til at noen er veldig vennlige," fniste jeg.

Pappa og Virginia ventet stille på at jeg skulle fortsette "Jeg satt ved et bord, og denne servitrisen kom ut fraryggen som sannsynligvis var mindre enn fem meter høy og omtrent fire meter bred." Pappa lo: "Høres ut som noen av servitrisene jeg har sett her!" "Å, pappa, virkelig." Virginia skjelte ut. Pappa møtte øynene mine, og de delte et smil. "Dagens spesial var svinekoteletter, så det var det jeg bestilte." Jeg fortsatte. " Jeg satt ved et av de runde bordene som hadde en rød og hvit rutete duk med krystallsalt og pepper shakers og en sølv serviettholder arrangert symmetrisk i sentrum. Solen skinte inn gjennom tredelte vinduer fra øst. Vinduene hadde de samme røde og hvite rutete gardinene som matchet duken. Rommet hadde en ren hjemmekoselighet. Resten av kundene satt ved disken, og jeg fikk følelsen av at setene deres var deres egen eiendom, hvis du vet hva jeg mener. Jeg så på pappa og Virginia for å se om de fulgte historien min. "Det høres ut som et fint sted", kommenterte Virginia, åpenbart tatt med beskrivelsen av de matchende gardinene og tablecloth. " Men merkelig", la pappa til, "fortsett", sa han.

"Vel, mennene ved disken, det var bare en kvinne som jeg husker, satt med føttene dangling på tykke korte ben. Jeg kan fortsatt se for meg at de ser over skuldrene og smiler til meg som omy ønsket å fortelle meg noe eller forventet at jeg skulle si noe til dem. Du må huske; Jeg hadde nettopp kjørt rundt tusen miles og hadde ikke spist mye i løpet av den tiden." Pappa og Virginia var åpenbart oppslukt av historien, så jeg fortsatte: "Den korte, brede servitøren vaklet mot meg med en stor tallerken med svinekoteletter, potetmos, erter og en mørk oransje squash med litt brunt sukker drysset på den. Jeg var så forbannet sulten, unnskyld meg", sa jeg og så på Virginia: "Jeg var så sulten at jeg begynte å salivere før hun la ned tallerkenen. Da jeg åpnet munnen for å takke henne, skjøt spytt ut av munnen min på duken. Har du noen gang hatt det skje?" Jeg fortsatte uten å vente på svar: "Jeg var så sulten at magen min begynte å gro audibly; det var pinlig." "Min", utbrøt Virginia. "Kom igjen", sa pappa.

– Jeg vet ikke om det var fordi jeg var så sulten eller hva, men jeg sverger på at det var den beste maten jeg noen gang har spist. Etter at jeg nesten var ferdig med de tre store svinekoteletter og grønnsakene, var servitrisen der med en annen full tallerken akkurat som den første. Jeg begynte å bli mett, men jeg gravde meg inn i den tallerkenen med samme villskap som jeg hadde med den første. Det var da jeg fylte den siste biten av mat i munnen min, klokken miny distending, at jeg så opp for å se et mest urovekkende syn. Pappa og Virginia stirret mens de ventet utålmodig på at han skulle fortsette. "Jeg så opp", fortsatte jeg, og gledet meg over oppmerksomheten, "og så at alle ved disken hadde slått på svingstolene sine, og de stirret på meg med det samme store gliset på de brede flate ansiktene med sine pug neser. De må ha lagt merke til at jeg ble overrasket, siden de på en gang mistet smilene sine og begynte å se bort. Jeg tenkte raskt og sa: "Det var den beste maten jeg noensinne har spist", og det var ikke en løgn. De brøt seg på en gang inn i de største smilene som minnet meg om en haug med Cheshire Cats i 'Alice in Wonderland'. Smilene deres var så smittsomme at jeg følte ansiktsmusklene mine strekke seg inn i det samme dumme gliset. Da jeg dro; Jeg var så mett at jeg nesten ikke kunne reise meg, alle reiste seg fra sine benkestoler og fulgte meg til bilen min og ønsket meg det beste. Jeg husker at hele den korte gruppen av dem vinket til meg gjennom bakspeilet da jeg kjørte sakte bort nedover den skyggefulle banen tilbake til hovedveien. "Vel, det var litt av en historie", sa pappa, kanskje litt skuffet over slutten etter den store oppbyggingen. "Min godhet", sukket Virginia, "for en interessant tur. Noen for varmt eple skarpt?

Med en gang ropte inngangsdøren, rett til spisebordet, åpen, og med en voldsom stemme: "Hei, jeg hører at gutten fra California er her. Å, det må være deg med ditt lange hår og sandaler" sa han og så på meg. "Hei mamma," og med det kryssethan rommet, og ga sin mor et kyss på kinnet. Jeg stoppet stillheten, og med et stort glis sa jeg: "Jeg vedder på at du ikke vet hvem jeg er?"

Jeg stirret på den høye, slanke figuren med det buskete mørkebrune håret og blinkende brune øyne med en rampete smirk som avslørte et komplett sett med hvite tenner: "Kan ikke si som jeg gjør, men jeg antar av mangelen på manerer og åpenbar sjenanse, at du kan være Steve.""Pokker heller, og ikke glem det" slo han tilbake. Sist jeg så deg, var du et feit lite tåhode med rumpehår. "Sett deg ned!" Pappa sprang ut: "Steve, la oss puste vil du? Jim, dette er Steve." Og med introduksjonen lente Steve seg over bordet med min muskuløse hånd strakte seg mot meg. De klemmer hendene, hver vikler fingrene rundt den andretommelen og sementerer dermed deres gjensidige tillit til den andre. "Hva er det til dessert, mamma? Lukter skomaker. Hva med deg Jim, er du klar for noen av mammas fylkeskjente eplekobbler? Steve ropte ut. "Det er eple skarpt, og takk for komplimentet kjære", Virginia bøyde seg ned og ga Steve et kyss på kinnet.

"Hvordan går det med jobbjakten Steve?" Pappa spurte tilfeldig, og prøvde å avgjøre saksgangen. "Å, det. De kjenner ikke en god mann når de ser en. Jeg vet ikke hvordan de holder seg i business i den fabrikken. Vet du hva formannen sa? Jeg sa at alle veterinærene som kom tilbake fra 'Nam er narkomane, sa at de ikke er annet enn trøbbel, dritt." "Steve, språket ditt! Siden du kom hjem fra utlandet, vet jeg ikke hva jeg skal gjøre med deg." Virginia skjelte ut da hun brakte eplet skarpt til bordet i små fine engelske porselenblå og hvite boller. Hun la oppvasken foran sine tre menn med seremoni og ventet på deres komplimenter. "Mamma, språket mitt er det minste av det." Steve erklærte mykt, plutselig selvbevisst etter at jeg kledde meg ut. "Vel, dette ser vidunderlig ut" Pappa brøt seg inn, "du har overgått deg selv denne gangen Virginia."

Jeg så ned på den fine parabolen med det krøllete bakverket som dekket varmt gult eple i en søt sauce, med krem rundt omkretsen. "Jeg gleder meg til å prøve dette." Jeg var enig med pappa. De fire spiste i stillhet og nyter hver liten munnfull til bollene var rene. "Det var god mor, jeg er lei for språket mitt." Steve bemerket. "Ikke enda et ord kjære", beroliget Virginia da hun lente seg over for å gi Steve et nytt kyss på kinnet.

Jeg så bort på pappa, og pappa ga meg et godt blikk. Han gjenvant seg selv: "Husker du den esken med ormer jeg byttet til deg for marsvinet ditt?" Sa Steve. "Ja, jeg husker det. Jeg ville ikke bytte i utgangspunktet. Vi kunne gå ned til Pagel's og grave så mange nattkrypere fra grisepennen deres som vi ønsket, og jeg likte den marsvinet," kontret Jeg. "Ja, vel, den marsvinet døde uansett," svarte Steve. "Ja, dulot ham dø. De ormene tørket inn." Med det brøt begge stebrødrene inn i en hjertelig latter til øynene deres vannet.

"Jeg synes vi skal forlate bordet, dere to kommer til å ødelegge noe." Virginia utbrøt. Pappa smilte til de to dade så at de kom så godt overens. "La oss ta en kaffe i salongen." Da de alle reiste seg, begynte Virginia å rydde bordet. Steve begynte automatisk å hjelpe henne. Pappa og jeg gikk inn i salongen. Han så på meg med bekymring. "Steve har nettopp vært tilbake fra Vietnam i et par måneder. Vi er bekymret for ham. Han vil ikke snakke om det, men jeg tror han trenger hjelp, hvisket han til meg. Jeg så på pappa med overraskelse og sa ingenting.

Vi satt i rommet jeg husket da jeg var ung. Den hadde store pikture vinduer på hver side med en stor langs den fjerne veggen. Møblene var plysj rosa velour, og bordene var av fransk stil. Det var et flygelunge i det nære hjørnet ved siden av inngangen. Det vestvendte vinduet innrammet en skogkledd dam med trimmet gress. Ildfluene begynte å blinke i skumringen. "Lyn bugs, min gud, det er så lenge siden jeg har sett lyn bugs," jeg mused, ærefrykt av surrealismen i scenen. "Ingen ildfluer i California?" Pappa spurte. "Jeg tror ikke det er en i hele den jævla tilstanden," svarte jeg stille. "Du har vært borte lenge," så pappa over med utvannede øyne. De satt i stillhet.

"For Guds skyld, hva er dere to blabber om, dere er begge voksne menn!" Steve exclaimed å gå inn i rommet med et bekymret glis i ansiktet. – Maten er god her, men samtalen stinker. Kom igjen, jeg blåser i kyllingskjøten. Jeg kjører deg i en ekte bil. Jeg har noen venner jeg vil at du skal møte. Jeg så den lille bilen du kjørte fra California. Det er søtt. Du må inn i en amerikansk bil som vet hva hestekrefter handler om. "Ok", svarte jeg. "Jeg tar en tur i geita di, og kanskje jeg en dag skal kjøre deg i en fin bil. La oss gå. Ser du later pappa," ringte jeg da jeg og Steve gikk ut døren. "Ikke kom for sent," ringte pappa tilbake, "du har hatt en lang dag ."

Jeg og Steve gikk ut på mursteinsterrassen i den kjølige skumringen med periodiske og uopphørlige gule blink som fylte luften. Steves grønne Pontiac GTO satt imponerende på det nyklippede gresset ved siden av oppkjørselen. "Mag"-hjulene skinnet selv i det falmende lyset. Fjæringen ble "jekket opp" bak, slik at nesen på bilen pekte nedover. Jeg gikk inn på haglesiden og satt på et langt benkesete da Steve gled bak det store rattet i plast med den forkrommede hornspaken inne i den nederste halvdelen. Interiøret virket hult sammenlignet med den lille engelske sportsbilen som jeg hadde bodd i.

"Denne bilen har noen sikkerhetsbelter?" Jeg spurte. " Sikkerhetsbelter er for sissies, men hvis du trenger en, tror jeg det kan være fylt bak setet. Stoler du ikke på kjøringen min? Steve svarte. Jeg strakte meg over det store setet og dyttet beltet mellom putene og festet det over fanget mitt. "Jeg er klar nå," grinned jeg. "Er alle fra California en slik fitte?" Steve skjøt tilbake.

Steve snudde nøkkelen og den massive 440 kubikk tomme V8 brølte til liv. Han revved motoren et par ganger, og det slo seg ned i en urolig tomgang. "Jeg fikkm satt i et radikalt kamera, det går ikke tom for dritt," ba han om unnskyldning, "men gi det litt gass, og se opp!" Han satte 'fire på gulvet' shifter i første gir, lettet ut på clutchen, og styrte bilen ut på den lille landeveien mens motorencylin ders sputtered kraftig riste beboerne inni. En gang på banen dyttet Steve på gasspedalen, og bakdekkene squealed da de brøt løs fra kontakt med asfalten. Jeg følte seg presset tilbake mot vinylsetet; Jeg var glad jeg hadde tatt på meg sikkerhetsbeltet. Steve 'dobbel clutched' overføringen fra første til andre gir ved å skyve clutchen inn og ut en gang for å skifte til nøytral og en andre gang fra nøytral til andre gir. Dekkene squealed igjen mot pavement kaste massen av metall og gummi fremover med økende akselerasjon. Tregrenene som var nær passasjervinduet fløy forbi i en uskarphet. Steve droppet til slutt sendingen i tredje gir og bremset til stoppskiltet.

"Vel sissy, hva syntes du om det?" Steve utbrøt stolt. "Faen, du er en gal mann. Har du et dødsønske? Denne bilen er sinnssyk. Ingen trenger så mye hestekrefter, men jeg må innrømme at det er ganske travelt! Jeg sa, litt andpusten. "Ok, jeg tar det med ensy på deg. Jeg ville bare fortelle deg hva hun kunne gjøre." Steve svarte, fornøyd med I's svar. De kjørte mot La Porte på de smale landeveiene i den store bilen som vibrerte postkassene da de passerte. Frontlyktene belyste grass og blomster i grøftene langs veien. De red i stillhet en stund.

"Så du har nettopp vært tilbake fra 'Nam?" Jeg spurte. Steve satt stille en stund, snudde spørsmålet i mitt sinn og svarte til slutt: "Et par måneder. Noen ganger virker det ikke som om jeg er tilbake i det hele tatt. Jeg var lege der borte i et år. Jeg så nok skade og død til å vare i mer enn ett liv. Noen ganger jobbet jeg i en 'MASH' - enhet, og noen ganger var jeg på frontlinjene og ga øyeblikkelig førstehjelp. Du ville ikke unngåskaden som en AK kan gjøre med en kropp. "Cong" ville komme ut av ingenting selv etter en bombekjøring eller metningsbrann fra et Huey-våpenskip. De gravde tunneler og grotter og kunne se ut til å overleve hva som helst. De hater oss. Vi drepte mye, jeg mener mange sivile, men der borte vet du ikke hvem som skal prøve å drepe deg. Steve så bort på meg: "Kjeder jeg deg?" "Nei, ikke akkurat," svarte jeg og prøvde å lette samtalen: "Jeg tok hovedfag i antikrigsprotestering da jeg var på UC", jeg så over på Steve for å se hans svar.

Steve var taus da han kjørte mitt mekaniske dyr gjennom skogene. " Jeg tror alle bør gjøre alt jeg kan for å stoppe galskapen i 'Nam." Han sa til slutt: "Mennesker bør ikke behandle hverandre på den måten." Han var taus igjen da han kjørte sakte mot byen. Steve så bort på meg og etter å ha nølt, sa han: "Jeg er alltid redd. Da jeg var i 'Nam, visste jeg hvorfor jeg var redd. Du visste aldri når en mørtel ville falle ved siden av deg, eller om en jente eller gammel person skulle prøve å drepe deg. Jeg visste hvorfor jeg var redd hele tiden der borte, det som plager meg er at jeg fortsatt er redd. Jeg er redd hele tiden, for ingenting!" Jeg la stille til. "Faen."

Jeg sa ikke noe på en stund, og sa så: "Jeg pleide å ha et mareritt. Jeg var et sted i en jungel og holder en M16. Det var så realistisk. Jeg kunne føle vekten av våpenet og velgerbryteren på siden satt til midtposisjon for et utbrudd på tre runder. Jeg er i en grøft eller noe ennd det er en andre løytnant ved siden av meg fordi han hadde doble barer på skulderen. Det pågår en skuddveksling. Jeg kan høre det; Jeg kan lukte brenningen og kruttet. Løytnanten kjefter på meg for å komme meg ut av grøfta og slåss. Hankjefter på meg på toppen av lungene mine, og jeg er redd, jeg er skikkelig redd. Jeg må bestemme meg for om jeg skal slåss eller drepe den jævelen som kjefter på meg. Jeg plukker opp de 16 punktet det på denne gutten møtte offiser, og jeg våkner opp i svette. Det morsomme er at jeg vet at hvis jeg drar til 'Nam, så kommer det til å skje akkurat slik. Det kommer til å skje like sikkert som jeg sitter her. Jeg skulle til Canada hvis jeg ble innkalt. Heldigvis for meg kom lotterinummeret mitt opp 311, og de utarbeidet bare up til 100 i '71." Jeg ventet på at Steve skulle svare.

"For et jævla par vi er," lo jeg, "Jeg vet ikke hvem av oss som er den største kjeften." "Jeg antar at vi to må konkurrere om den premien," skjøt jeg tilbake med et smil, "men det høres utsom om du har mer av et problem enn jeg gjør." " Faen, jeg har i det minste hatt en grunn til å være redd drittløs. Du er redd for spøkelser. Jeg tror du er en større kyllingdritt enn meg! "Vel, jeg ber om å skille meg, men vi lar det gå for nå," lo jeg.

De gårinn til riksvei 39 som går inn i riksvei 35 ved Pine Lake. Det var for mørkt til å se den enorme innsjøen, men jeg kunne se de små lysene glitre fra den andre siden. Steve svingte til venstre og etterlot en flekk gummi på veien. De passerte kaier og smalle båtverft langs høyre ved siden av vannet. Jeg husket mange av de samme små bedriftene og følte meg koblet fra livet mitt vest fordi mange av disse etablissementene ikke hadde endret seg i det hele tatt. Forandring var en konstant i L.A., men her ting remaineddet samme. De svingte til høyre inn i et lite boligområde som lå på et inngrep i sjøen. Steve snudde nøkkelen, og det store tømmerdyret kom til en urolig stillhet.

"Det er her jeg bor. Mine to beste venner fra high school lot meg flytte inn hos dem da jeg kom hjem. Danny og Butch er et par virkelige karakterer. Butch er en spirende politiker som er veldig skeptisk til alt og alle. Han vil nok bli involvert i bypolitikken en dag. Du burde komme godt overens med ham. Danny svinger begge veier, hvis du skjønner hva jeg mener. Jeg kan være en plage noen ganger når han er en tispe, men han er en god fyr. Bare la ham få vite med en gang at du ikke er interessert i hans seksuelle fremskritt. Klar til å møte mannskapet?" Steve somked. " Det er for sent å trekke seg nå fra å møte dine skruballvenner. Har de noen god røyk? Jeg svarte da de gikk mot den vedlagte, skjermede verandaen som strakte seg over forsiden av hytta. Skjermdøren knirket på rustne hengsler da they gikk inn i verandaen full av ølbokser og hurtigmatinnpakninger på det ødelagte linoleumgulvet. En inngangsdør med glasspanel slapp dem inn på kjøkkenet. Den dype vasken var fylt med retter og vann som hadde blitt stående lenge nok til å slukke en lukt. En bar elektrisk pære hang fra en ledning midt på kjøkkenet. "Ganske hyggelig, hva?" Steve bemerket med åpenbar stolthet. De kom inn i stuen som hadde en sofa og et par loslitte stoler plassert tilfeldig i et rom som hadde en full vegg av vinduer med utsikt over den mørke innsjøen i den andre enden.

"Hvem i helvete er her?" ringte noen fra et mørkt hjørne, "at du Steve? Hvem er det med deg? Det er ikke en "narkoman", er det?" "Butch hva i helvete gjør du i det hjørnet?" Steve svarte. "Dette er broren min fra California, Jim." "Jeg er revet. Danny fikk litt blond libanesisk hasj. Dette vil slå sokkene av deg. Jeg har vært stein siden i ettermiddag. Har du noe øl? Hvis du ikke gjør det, bør du ta en ølkjøring før du røyker noe av dette. Med den Butch rullet over i stolen i hjørnet og så ut til å gå i dvale. "Hvis Danny fikk god røyk, vil dette stedet krype med dudes og kyllinger snart. Best vi henter øl. Jeg tar deg med på "cattin" på hovedtrekk. Haner en kyllingmagnet. Vi finner et par honninger og bringer dem tilbake hit, eller er det for mye for den sissy California-gutten? "Bly på Shamus. Jeg er rett bak deg," svarte jeg, og var klar for litt action etter min lange tur.

Den store GTO rattled the postkasser av den rolige innsjøen nabolaget som Steve revved motoren og gled clutchen opp den korte skråningen opp Pine Lake Boulevard. De små bedriftene langs innsjøen hadde stengt og beboerne i de store to-etasjers kassehusene med full verandaer over de første etasjene kunne sees mens de så på TV gjennom åpne vinduer. Steve kjørte sakte av og til og rappet tailpipes hvis en jente ble sett gå på treet dekket fortau passerer godt velstelte plener. Pine Lake såret til slutt tilavdelingene Lincoln Way som var hoveddraget til La Porte. Det store 1800-talls røde Indiana kalkstein tinghuset stod til venstre. Den hadde et høyt tårn med store hvite bakgrunnsbelyste urskiver vendt mot de fire kvadrantene. Store jernromertall, time- og minutthender dekorerte ansiktet og viste fem minutter til klokken åtte. Himmelen viste fortsatt en rosa glød rundt tårnet, selv om solen hadde gått ned da Steve og jeg forlot farens hjem.

Steve skrudde på hoveddraget og bremset inn i en kø av andre biler fulle av animerte barn ute for en lørdagskveld med spenning. "Husker du gamlebyen? Det er et nytt kjøpesenter i utkanten, men annet enn at det ikke har endret seg mye, sa Steve. "Nei, det har det ikke. Det er det jeg fdslags skummelt," svarte jeg, "Jeg har denne følelsen at jeg egentlig ikke har vært borte. Det er den merkeligste følelsen, vet du hva jeg mener? – Det følte jeg da jeg kom tilbake fra Nam. Det er en trøstende følelse når ting ikke forandrer seg. Yeah, jeg vet, mann" sa jeg stille. "Hvor er de maismatede jentene? Jeg bryr meg ikke om de er store, små eller fete eller tynne, jeg er kåt som en hundhund på fullmåne," la jeg til en forestilt kollokvialisme med et glis.

"Måten dere bygutter snakker på. Jeg skal vise deg hvor gode ose'corn fed girls' er. Hei, det er Michelle som kjører den babyen dritt grønn kvikksølv, vi bare passerte henne," med at Steve snudde hjulet en hard venstre, slo akseleratoren, og muskelbilen brente bakhjulene i en perfekt u sving forårsaker cars bak å smelle på bremsene. Mellomfingrene ble kastet ut av åpne vinduer, og de kunne høre svak forbannelse da de passerte i motsatt retning. " Det var litt av et trekk, har du øvd?" Jeg ropte. "Du har ikke sett noeennå." Steve svingteinn og ut mellom de saktegående

kjøretøyene som prøvde å fange Mercury. – Jeg og Michelle hadde
noe på high school en stund. Den jenta ga det beste hodet, og hun
elsket å gjøre det! Jeg trengte ikke engang å spørre, og hun ville
pakke ut buksene mine. Hun var veldig populær blant gutta,"
humret jeg. Den store grønne Merc ble stoppet ved et lys foran
tinghuset ved siden av en lensmannsbil. De fulgte til svart-hvitt
gjorde en u sving og satte kursen i motsatt retning. Steve hylte
dekkene, trakk skifteren på gulvet fra andre gir til tredje,
manøvrerte sammen med Michelles bil, lente seg ut av vinduet og
ropte: "Hei, baby, hvordan har du hatt det? Jeg er tilbake fra 'Nam.
Kjør til siden!"

Michelle så Steve, smilte, gulv den grønne Merc, og tok en rask
venstre på en sidegate. Steve trakk den samme u svingen som før
han snurret bakenden rundt 180 grader og begynte jakten. "Hvorfor
gjorde hun det?" Jeg spurte. "Det er en del av spillet, lillebror,"
svarte Steve medå hippe bilen ned samme gate som Michelle tok,
"vi må fange henne hvis vi vil ha premien." "Dere er noen rare folk
her," svarte jeg, "men det virker litt morsomt. Så jakten er i gang!
Nå vet jeg hvorfor du kjører dette monsteret; du trengerdet for å
fange kyllinger!

Steve så Mercury ta til venstre foran. Michelle hadde bremset
nok til at Steve kunne se henne før hun snudde seg. Steve dyttet
gasspedalen til gulvet og "geita" surret fremover i jakten. De sprang
langs en øde vei lang Stone Lake, overtok Michelle, og Steve trakk
den store Pontiac foran på bilen hennes og tvang henne til å
stoppe. De gikk ut, gikk tilbake til bilen hennes, Steve lente seg inn
vinduet og sa: "Hva er i veien baby, er du ikke glad for å væremeg?
Hele tiden jeg var i 'Nam kunne jeg ikke tenke på noen andre enn

deg." De visste begge at dette var en løgn, men det så ikke ut til å bety noe. "Virkelig Steve?" Michelle svarte koselig: "Jeg er glad for å se deg. Du tok meg. Jeg er din, for i kveld uansett." "This er broren min, Jim, fra California. Vi er på vei til Danny. Jeg bor der også nå. Har du en venn til meg? Vil du møte oss der?" "Kanskje, Steve. Vi kan snakke om gamle dager. Har du ditt eget rom? Jeg vet hvor det er, ser deg sentr," med at hun trakk rundt bilen som blokkerte henne og sped bort. "Å, baby, er jeg glad for å se henne. Jeg bryr meg ikke om hun er et ludder." Steve lo. "Tror du hun kjøpte den linjen om at jeg tenkte på henne?" "Ikke en sjanse, så hva." Jeg kom tilbake med en kort latter.

De stoppet i en liten spritbutikk i nærheten av huset, og da Steve gikk mot glassdøren med forvitrede annonser plassert utenfor, kalte jeg "C'mon, du kan hjelpe til med å bære ølet." En gang inne gikk de til kjøleren som hadde rustfargede flekker langs bunnen, og hver tok tak i et tilfelle av tjuefire glassøl i stor pappinnpakning. Steve var på fornavn med ledsageren, utvekslet hyggeligheter, betalte for ølet, og de fortsatte til Dannys. Steve måtte parkere "geita" opp den smale gaten fordi biler sto parkert i alle tenkelige rom nær hytta, og folk beveget seg inn og ut gjennom skjermdøren. Steve bar ølet inn gjennom døren som hadde blitt delvis revet av et av hengslene og ikke ville lukke helt.

"Øl!" ringte noen fra hovedrommet, og snart var det en stampede av kropper gjennom døren som skilte den fra kjøkkenet. "Hei, Steve!" noen ringte: "På tide du kom hit med ølet, hadde nesten et opprør på hendene!" Snart forsvant flaskene med øl magisk inn i den bankende massen av kropper som overfylte rommet med utsikt over den black innsjøen med små flekker av lys

som reflekterte av den fra den andre kysten gjennom de åpne
vinduene. Luften var tung med den søte, stikkende røyken fra små
rør som brente små biter av 'hasj'. Steve forsvant inn i mengden, og
noen handed meg et lite varmt messingrør som hadde en liten
skjerm i bollen med en del blond hasj lagt forsiktig på toppen. Jeg
holdt røret mot leppene mine, var forsiktig så jeg ikke brente dem,
mens et navnløst ansikt holdt en butan lighter over stykket som
glødet rødt da jeg sugde røyken dypt inn i lungene mine.

Jeg gikk nok en gang inn i det rike av skygger og inntrykk som
ble fremste over det fysiske her og nå. Alle kroppene, ler, roper,
gråter, som dreide seg om ham ble som et bakteppe for
denhøydegrade følelsen av virkeligheten jeg opplevde. Jeg tok en øl
ut av kjøleskapet som i sakte film og la merke til den bortskjemte
maten som hadde funnet et hvilested på baksiden av de nedre
hyllene. Noen gikk forbi da jeg lukket kjøleskapet; Han ser uttil å
bevege seg med et spor som fulgte etter ham. Jeg fant et sete på
gulvet. Det var ikke behov for introduksjoner. Alle røykte, delte
rørene og opplevelsen. Hver av dem ble medlem av gruppen. "Hei,
mann. Prøv litt av dette. Det er bra dritt!" Jeg sendte et rør til ham;
Jeg tok en "toke" og følte plutselig utmattelse i hver muskel i
kroppen min. På en gang den lange dagen på veien, den mentale
utmattelsen av å se min far og stemor, og den trøstende følelsen av
å bli akseptert i denne nye gruppen came over ham som en bølge,
og jeg husket ingenting mer.

Jeg åpnet øynene på soverommet til min fars hus. Jeg ble
fanget i den tåkete bevissthetstilstanden mellom å våkne og sove.
Jeg følte panikk i meg fordi jeg ikke visste hvor jeg var. Jeg så meg
rundt. Jeg visste ikke når jeg var det. Var jeg et barn i dette huset?

Nei, jeg var voksen, for faen, jeg trodde jeg var voksen. Jeg boltret meg i sengen, strakte øynene åpne og prøvde å våkne. Vent, jeg tenkte, vent, å, jeg husker, jeg kom nettopp hit i går, ikke sant? Jeg reiste meg og virkeligheten kom til ham. Pulsen min løp. Jeg gikk inn på badet nede i gangen og sto under dusjhodet og lot vannet strømme over ansiktet mitt. Jeg var tåke fra kvelden før. Jeg husket ikke at jeg kom hjem. "Jeg håper pappa ikke så meg; Jeg finner det ut snart nok", bekymret jeg meg.

Jeg gikk inn i det rene kjøkkenet og så Virginia vaske opp i vasken. Hun snudde seg mot meg med et ekte smil. Hun hadde på seg en enkel huskjole med et blomstrende forkle som dekket hennes store figur. Jeg ble igjen slått av hennes utrolige skjønnhet. Hun gikk over rommet, ga meg et kyss på kinnet og sa: "Kjære, sov du godt?" og uten å vente på svar, "kom du sent inn. Jeg sparte noen blåbærpannekaker til deg. De er på en tallerken under dekselet på bordet. Hell deg litt melk kjære. Jeg har hundre ting å gjøre, hvis du vil unnskylde meg. Faren din er ute i felten. Jeg er sikker på at faren din ønsker å se deg i morges," med at hun travlet til bakrommetog sang en folkelig melodi som jeg ikke hadde hørt før.

Jeg fant en stor stabel med blåbærpannekaker under et rundt klutdeksel som må ha blitt designet for bare en slik bruk, tenkte jeg. Det var lønnesirup i en krystall mugge på en liten lat Susan som sat i midten av bordet. Duken hadde blitt endret til et grønt og hvitt rutete mønster for morgenmåltidet. Pannekakene var deilige. Jeg gjennomvåt hver gaffel i sirupen rundt sidene av pannekakene og smakte hver bit, deretter drank ned det høye glass melk i en lang svale, legg oppvasken i vasken og ryddet opp bordet så mye jeg kunne.

Jeg gikk ut. Det var en deilig morgen. Det var litt kult, men høy luftfuktigheten fikk det til å virke varmere. Luften virket økfor ham etter å ha bodd i et ørkenklima i så mange år. Fuktigheten i luften tillot luktene fra planter, blomster og tre å konkurrere mot hverandre for min oppmerksomhet. Jeg ble overmannet av alle duftene; skarp eller søt eller musky, som fremkalte minner fra dypt inne. Insektene var opprørende og det var et uttallig antall fugler som sang om morgenen. Jeg gikk ned sandstien, ved stangfjøset som huset verktøy og utstyr som hadde blitt sprutet med brune og hvite fuglefjerning. En rød gasstank satt på slanke stålvinkelben omtrent ti meter fra det overgrodde gresset under den. Jeg hørte en traktor langt usett i barnehagen.

Jeg gikk langs sandstien og så på insektene mens de skjøv seg fra under min steps. Bakken var fuktig; Det må ha regnet i løpet av natten. Pappa ble sett langt utenfor stien, mellom radene med frøplanter, ridning på en forvitret rød traktor. Han spratt rytmisk mellom de store traktordekkene som sakte beveget seg bort fra meg. Feltene endte brått langt nordover i en ubrutt skog med høye trær. Det var en buet åpning i trærne som fortsatt var merkbar, selv på denne avstanden, i midten av den ubrutte massen. Jeg husket begynnelsen på sommeren for lenge siden da jeg stirret, fascinert, ved den mystiske åpningen.

Fra min eldre bror Tom og jeg var gamle nok til å våge oss inn i trærne; Vi ble fanger av åndene som bodde der. Vårt virkelige hjem var i trærne, og vår tid på skolen, kirken og i byen fikk oss til å føle oss merkelig utenlandske. Galena byskole hadde endelig sluppet ut for sommeren. Tom og jeg forlot huset tidlig neste morgen for å bli møtt av vår australske Sheppard mix hund, 'Inch', som fikk navnet fordi lillebroren min, Jeff, ikke kunne si 'Prince'. Det var før hun hadde valper, og hun skulle ha fått navnet 'Prinsesse' uansett. Inch viftet hele kroppen i hilsen da vi kom ut i den kjølige, fuktige luften. Det duggete gresset tisset på skoene våre da vi krysset den overgrodde plenen end inn i buskene ut av bakdøren. Inch ledet an mot den magiske åpningen i trærne. De børstet av den delikate dronning Anns blonder som fikk frøpodene i den tykke stemmed milkweed til å slippe sin hvite bomull i luften. En undulating sky av strålende gyldne og svarte kanarifugler skygget dem et øyeblikk fra den østlige krystallinske solen mens de kvitret i et refreng. Den gamle indiske stien var større da vi kom oss over unge soyabønner. Den eksponerte jorden ga ut en skarp duft da skoene våre etterlot merkene sine i den fuktige leam.

Jeg ble overrasket over at dagen fra så lenge siden kom tilbake til meg med en slik klarhet da jeg begynte å gå gjennom radene med rosa bandasjerte frøplanter som pappa nylig hadde utført operasjonen for å produsere fremtidige hvite og røde blomstrende krabber. Mine skritt etterlot dype fotavtrykk inn i den nybygde loam og brakte en søt muggen lukt inn i hodet mitt. Pappa var langt nede i radene på min lille Massy Ferguson traktor som hadde brede små hjul foran. Han hung over de store vannfylte dekkene med deres ødelagte 'V' slitebane lente seg på de oksiderte grå fendere da jeg så tilbake så styrekulten snu jorda mellom radene. Pappa hadde på seg en kort, brimmed hatt trukket over øynene for å beskytte mot den lave hanging solen i øst. Jeg innså at min far levde det fullkomne liv, med mindre tapet av hans blodfamilie hadde farget fullkommenhet. Jeg fortsatte å gå i den myke jorden mot skogen og husket.

Inch lukket rekker med brødrene som de neerd åpningen. Hun så seg ofte tilbake for å forsikre seg om at de sto like bak. De svarte valnøtttrærne vokste i statur da de kom inn under sine utstrakte boughs. Det mørke råtnende kjøttet som dekket de nye valnøttene var glatt og utløste en stygg lukt when tråkket på. Gooen dekket sålene våre og satt fast på sidene av skoene. Løypa var mye bredere enn det som hadde dukket opp på avstand. Grenene som dannet den buede baldakinen over banen var tjue eller tretti fot over hodene deres, og morgensolen begynte å dimme. Lavvoksende eføy og hvite trespissede trilleblomster steg over en tykk matting av nedbrytende blader. En skarp jordisk duft fylte hodene våre, og øynene våre justerte sakte til dimmelyset. Gnister av sollys glitret through grenene og bladene av gigantiske eik og sycamores. Vi kunne ikke lenger se langt ned stien da vi gradvis gikk ned bladet som dekket mot en myr. I motsetning til en sump av mørk gooey muck vanlig andre steder, ga sandjorden våtmarker av krystallvann fylt med oransje myrmallows omgitt av bregner med små ville fioler ved foten. De var alltid forsiktige med å lete etter oppbrønnende vann gjennom sanden som kunne indikere en kvikksand. Tom og jeg gikk stille og snakket sjelden.

Deres lille brune og hvite langhårede hund travet i nærheten enten for å beskytte dem mot usette farer eller ute av forræderi. De holdt vakt for å oppdage den hvite tippede buskhale av en unnvikende rev, eller krusningen av vannet som en slange fant tilflukt icattails. De kunne sjelden snike seg opp på et myrlendt område uten froskene som hysjet og de malte skilpaddene sklir av solloggene sine i vannet.

Brødrene var alltid opptatt av å lete etter et nytt tre å klatre i. Eikene og valnøttene hadde vanligvis their første grener altfor høyt fra bakken til å begynne oppstigningen. De måtte også se på forgreningsstrukturen slik at når de steg opp, kunne de finne tilstrekkelige håndgrep, og at beina deres kunne nå mellom grener på lavere nivåer. Dypt langs den gamle stien spionerte de en enorm jerntre med sin glatte hudlignende grå bark som dekket ribbet tentakler som ekspanderte og løp inn i jorden som enorme fingre som klamret seg til jorden. De to brødrene grep tak i fremspringene av tre, som følte seg varme og levende i hendene og beveget seg forsiktig opp bagasjerommet til de første massive horisontale boughs. De forlot skoene sine ved foten av treet, bevoktet av Inch, fordi de trengte fingerferdigheten til føttene plantet inn i innrykkene i barken som vanskelige hender for å hjelpe oppstigningen. Tom fant den vanskelige stien opp bagasjerommet, og jeg fulgte etter. I bakhodet innså de at nedstigningen ville være mye mer farlig, men det var ikke tid til å tenke på det nå. Da jeg endelig nåddeopp hånden min rundt den første bough, hjalp Tom ham opp i et glatt bredt sete mot stammen på treet. Jeg fikk pusten, så ned på pelsflekken mellom to fingre rot mens hun stirret lengtende opp.

Jeg hadde nådd slutten av barnehagen enn begynte å gå gjennom et fallow ugressfylt felt som jeg husket å være pent fylt med rader av de lavt voksende soyabønner. Åpningen av den gamle indiske stien stod foran. Det virket ikke på langt nær så stort som det var i minnet mitt. Det hadde blitt mer overgrown, og inngangen var mindre sterk. Jeg gikk tilbake til minnet for lenge siden. Jeg kjente brisen mot ansiktet mitt og undersøkte grenene av nærliggende trær. Jeg kikket så over hodet på det etterfølgende settet med grener og følte magen stige opp i halsen min med svimmelhet. Følgende trinn ville ikke være lett jeg husket

"Jeg skulle ønske vi tok med et tau," sa jeg stille. "Yeah," svarte Tom da jeg også så opp. De snakket sjelden. Det var unødvendig å verbalisere det åpenbare, og siden de oftest tenkteg det samme, var det en liten grunn til å gjøre det. Noen ganger ville en av dem si noe bare for å bryte stillheten et øyeblikk. En kardinal landet på en nærliggende gren og begynte å snakke med dem. Den knallrøde fuglen prøvde å fortelle dem noeething; kanskje jeg ikke visste at de bare var barn. Jeg hørte på min vakre bønn. Jeg tenkte for seg selv: "Jeg beklager; Jeg kan ikke noe for det," mens jeg stirret tilbake. "Hva er det med den fuglen? Det virker som om jeg prøver å snakke med deg," spurte Tom. "Jeg vet ikke," løy jeg.

Jeg reiste meg på den massive grenen og så opp. Tom hadde sklidd rundt bagasjerommet, ute av sync, og jeg hørte ham si: "Jeg tror jeg har funnet en måte." Jeg klemte den glatte jerntrebarken da jeg nådde foten rundt til den andre hovedgrenen. Tom satt lenger pålemmen og dinglet føttene mine og pekte opp for ham å se. Stammen skråner gradvis utover på denne siden. Grenen over var litt nærmere overhead, men fortsatt utenfor rekkevidde. Den glatte barken hadde fremtredende ribber som ville gi et tøft grep. Jeg tok tak i bagasjerommet med utstrakte hender og klatret opp så langt jeg kunne. Tom dyttet opp på bare føttene da jeg klamret meg til treet og kom høyere. Da Tom hadde forlenget armene og opp på tærne, kunne jeg nå øvre lem. Jeg pakket den ene hånden around grenen, og til slutt den andre til jeg kunne trekke kroppen min over toppen. Jeg satt ved grenen og fikk pusten.

"Hvordan er utsikten?" Spurte Tom spøkefullt. Sollyset danset mellom grenene og glitrende blader. Jeg så ned mellom trærne, og på avstand kunne jeg se solfylte våtmarker glitre stille. De nærliggende trærne så ut til å utstråle levendehet når de ble sett innenfra. Den massive jernveden aksepterte dem i sin verden. "Helt greit," ringte jeg mens jeg så over kanten av grenen for å se min brors kropp flådd ut flatt ut mot bagasjerommet. Toms hender klamret seg til de bjeffede fremspringene, og tærne mine fant fotfeste i de konkave innrykkene mellom ribbeina. Sakte krøp jeg opp treet og så ut som en frosk med armer, ben, fingre og tær utvidet i omfavnelse på den massive stammen. Til slutt var jeg nær nok til at da jeg lå på magen over grenen, strakte jeg en hånd for Tom å gripe. Forsiktig, jeg frigjorde en hånd fra bagasjerommet, og jeg klapper mine utstraktehælfingre. Jeg satt snart ved siden av broren min.

Jeg krysset fallow-feltet og sto og så inn i den mørke åpningen. Midje høy sparsom busker dekket gulvet i åpningen. Jeg gikk forsiktig inn i den gamle indiske stien. Fuglens racket ogd insekter begynte umiddelbart å avta. Jeg hadde ikke vært klar over støynivået ute i det fri før stillheten inne i trærne. Jeg beveget meg sakte gjennom den lave voksende børsten og følte at jeg gikk på noe glatt og gooey. Jeg luktet den skarpe lukten av den råtnende svarte valnøttbelegget som forsøplet bakken. Jeg stoppet og løftet en støvelsåle og skrapte av den svarte gooen med en pinne. Jeg bestemte meg for at det var en tapende kamp og gikk videre gjennom den glatte svarte og prøvde å ikke turn en ankel på de harde valnøttskallene. Gulvet i stien ryddet vekk fra åpningen der det var lite sol. Det var en tykk matting av nedbrytende blader og kvister og en og annen råtnende gren som hadde falt for mange år siden. Jeg så fremovert hrough den flekkete dim og spionerte den glitrende refleksjonen av et lite våtmarksområde. Skogens fugler laget ensomme lyder. Trærne knirket og stønnet da vinden dyttet sine øvre grener rundt. Ekornene begynte å snakke.

Jeg lurte på om jeg kunnefinne den massive jernveden som jeg og broren min Tom hadde klatret på den sommerdagen for lenge siden. Mange av de store trærne hadde dødd fordi dette området i det nordlige Indiana var nedvinds fra de store stålmøllene Gary, Hammond og Whiting. Det sure regnet hadde brakt jordens PH ned til et nivå som så ut til å være spesielt dødelig for de gamle trærne. Jeg gikk mot de glitrende våtmarkene og husket den dagen fra lenge siden.

Jeg husket å finne et sete mellom to grener på bough og la bena mine dingle høyt over bladdekket gulv. Inch satt lydig ved foten av den skrånende kofferten og voktet brødrenes sko og deres utgang. Grenen svingte forsiktig i en myk bris som rørte bladene høyere opp, men skogflooenforble stille. Klatringen ville være lettere nå fordi hovedgrenene var nærmere hverandre og det var mindre grener å forstå. Tom begynte allerede å klatre sakte til neste sett med hovedgrener. Jeg har alltid adlydt topunktsregelen. Enten hadde du en fot og en hånd festet på to grener, eller to hender klemmer sikkert mens føttene dinglet, eller balanseres prekært på to føtter. Tre festepunkter var bedre, men vanligvis en luksus. De visste at de som barn hadde en instinktivfiendskap for å klatre i trær. Voksne mistet sin medfødte evne til å klatre og var for alltid etter bestemt til å gå bare på jorden. De innså selv da at deres liv i trærne ville være flyktig, og som med alle ting midlertidig og er kjent for å være slik, blir opplevelsen mer intenst følt.

"Hei, dette er kult her oppe. Jeg kan se huset; Mamma er ute og henger opp klesvasken. Hun ville hatt en ku hvis hun visste hvor de var. Ha! Kom opp," ropte jeg ned til meg med bare føttene hengende høyt over. Jeg fulgte den samme stien jeg hadde tatt fra gren til gren rundt bagasjerommet til jeg klatret opp på en tilstøtende lem fra der Tom satt. Brisen var sterkere nå, og grenene hadde større sving. Det var gøy å føle treet rytmisk bevege seg til og fra. Jeg begynte å f ålgiddy, og de hadde begge ukontrollerbare glis i ansiktet. Jeg så gjennom bladene for å se moren deres henge klær på kleslinjen. Jeg kunne nesten høre henne synge mens hun jobbet. Nå var de glade for å klatre så høyt de kunne og ta en tur på de øverste grenene.

Grenene var mindre og tettere sammen da de klatret. Et jerntre har et sterkt tre, og de fryktet ikke å bryte grenene. Deres største bekymring nå var å finne et komfortabelt sted å sitte når de stopå oppstigningen for å nyte utsikten. De kom til slutt på det siste settet med hovedgrener og hengte føttene over det som så ut til å være hundre meter fra bakken. Jeg har alltid syntes det var nysgjerrig at perspektivet med å se opp til en høyde og å se ned fra samme høyde kunne være så annerledes. De så ut på gårder og, veier og bekker. Biler og mennesker og hus og kyr så små ut. De var ikke lenger av den verdenen. De eksisterte i et magisk rike av ideer og fantasi som var der forbundet, for øyeblikket i det minste, fra det verdslige.

"Hold ut!" Tom ropte: "Vinden sparker opp!" de kunne se vinden kruse gjennom bladene til de andre trærne til de følte det på ansiktene sine, og treet begynte å svinge. De fniste mens de holdt tett og beveget seg med de øvre grenene frem og tilbake. "Det var ryddig!" Jeg utbrøt begeistret, noen adrenalin fortsatt coursing gjennom mine årer. "Det var veldig kult," sa Tom, og fikk igjen pusten min "Tror du de burde begynne nå?" Jeg la tilasualt. " Jeg antar at mamma vil spise lunsj klar ganske snart. Du vet hvordan hun hater det når vi er sene," svarte jeg like faktisk.

Før de begynte å klatre ned, hørte de et skrik i luften over dem. Noen kråker kom for å uttrykke sin disglede over guttens inntrengning i deres territorium. De skrek sine mørke intensjoner seg imellom, tok noen dykkerbombepass nær grenene som brødrene klamret seg til, og fløy tilbake til et høyt dødt tre for å bli med sine andre marauders. "Fordømte kråker," skrek Tom og følte seg sårbar. "Se der! Det er et helt mord på kråker!" Jeg utbrøt. Helt siden de hadde funnet ut at en gruppe kråker ble kalt et "mord", kunne de ikke motstå å gjenta det når muligheten presentererseg selv. "Det er et stort mord på kråker!" Tom var entusiastisk enig. "Drittsekkene," la jeg til. "Jeg tror de kommer tilbake!" Jeg sa da de begge raste ned fra de små oppreiste grenene. De hørte angripernes triumferende rop overhead da de beveget seg lavere.

En irritert ekorn snakket mens de satt dangling føttene av sidene av det høyeste settet av hovedgrener. Jeg skjelte dem ut for å invadere treet mitt. min store buskete røde hale beveget seg sakte ned og dukket deretter opp som et utrop while jeg snakket støyende. "Pokkers ekorn," snappet Tom da de gled ned bagasjerommet, som var lite nok til at de kunne få armene sine mesteparten av veien rundt den.

Brødrene kom seg sakte ned i det store treet da solen beveget seg høyere. De komi det andre settet med hovedgrener og så langt under til de laveste boughs. Tom hadde hjulpet meg opp dit de nå satt da de først klatret opp for en time siden. " Jeg skal prøve å shimmy ned på denne siden og håper jeg lander på toppen av en gren. Når jeg harsta rt, vil jeg ikke være i stand til å stoppe," Tom mused. "Jeg skal prøve å veilede deg herfra," la jeg til. Jeg gled over siden av den tykke grenen mens jeg holdt hendene, hvis jeg kunne. Tærne mine grep etter alt som ville bidra til å bremse ham da jeg klamret meg desperat til barken med fingrene. Kroppen min lå flatt ut mot den massive stammen, selv hodet mitt ble vendt sidelengs, da jeg gled nedover. "Under høyre fot, fort!" Jeg ropte desperat. Tom fanget den enorme bough under min nakne fot og trakk seg over på toppen av den, satte seg ned, så opp og sa: "Stykke kake."

Jeg kjente magen stige opp i halsen mens jeg lå på magen på toppen av den brede glatte grenen. Barken føltes myk og varm på min eksponerte hud. Jeg gled forsiktig over siden med håndflatenflat ut mot bough. Tærne mine søkte etter ribbet innrykk der jeg kunne få et tøft grep. Jeg slapp med en arm så jeg kunne ta et fremspring på bagasjerommet. Jeg begynte å skli da jeg slapp med den andre hånden for å ta tak i bagasjerommet. Jeg grep desperately for et håndtak, men det var for sent; Jeg gled. Ned falt jeg til jeg kjente en hånd under den ene foten som brakk akselerasjonen min. Jeg kom ned på tom og den massive grenen som jeg satt på. "Stykke pai," utbrøt jeg mens jeg gjenvant

fatningen min . Et "stykke pai" er enda enklere enn et "stykke kake";
Det var i det minste det deres fetter Johnny fortalte dem.

"Du begynner å bli for tung," klaget Tom da jeg gned hånden
min. Inch ble mer begeistret da de kom nærmere bakken. Hun løp
rundt i sirkler som bjeffet med forventning. Tom bestemte seg for å
gjøre den endelige nedstigningen. Stammen skrånet utover fra der
de satt, og ribbeina var mer uttalt. Tom gled adroitly av bough, grep
fremspringene med begge hender, og edderkoppen walked ned
bagasjerommet. Jeg sto stille ved basen og ventet på at jeg skulle
følge etter.

Hendene og føttene mine var såre på denne tiden, og det
gjorde vondt å klamre seg til barken. Jeg fulgte Toms eksempel,
men omtrent en halv vei ned mistet jeg grepet og begynte å falle
bort fra trunk. Jeg bestemte meg raskt for å skyve av med føttene
slik at jeg ville fjerne røttene som utvidet seg ved basen. Jeg falt
bakover og landet på en løvrik, men jeg slo hardt nok på ryggen at
den slo vinden ut av meg. I noen skremmende øyeblikk, jeg couldn
ikke ta pusten. Til slutt, etter det som virket som en eon, gisper jeg
den kule søte luften tilbake i lungene mine. Inch benyttet
anledningen til å slikke ansiktet mitt. Jeg så opp i tom og Jeffs
bekymrede ansikter.

Jeg kunne nesten føle panikken jeg hadde følt da jeg slet med å
pusteså lenge siden. Jeg krøp sakte mot den lyse åpningen av
krystallmyren. Trærne var begrenset fra å vokse for tett ved siden
av vannet. Dette etterlot en åpning i baldakinen slik at mer sollys
kunne reflektere av det stille vannet. Jegklappet inn på åpningen og
stoppet for å se på scenen. Vannet var omgitt av en tykk matting av
runde, segmenterte hestehaler som vokste til noen få meter høye.

Jeg husket at jeg leste om disse gamle plantene som en gang hadde
vært så store som trær. De trengersilikaen i sanden for å overleve.
Mellom hestehalene vokste lave voksende matter av ville fioler som
hadde hårete blader og små blå og fiolette stjerneformede
blomster. Massene av blomster gjemt i de blågrønne hestehalene
var fantastiske. Langs kanten av vannet vokste gule og oransje
marshmallows som spredte seg inn i den lille grunne innsjøen. Det
var en logg midt i vannet som var dekket med malte skilpadder. De
blågrå skallene var skinnende og ringet med en dekorativ kamskjell.
Halsenderes var utstrakt i solen og viste de lyse røde stripene på
halsen. Leopard frosker kunne knapt sees i banken og croaked
sporadisk. Jeg beveget meg sakte fremover. Lydene stoppet og
skilpaddene gled stille av sin nedsunkne logg. Jeg gikk nær vannet
og så etter vann-gjennomvåt sand som kunne være en kvikksand.
Jeg lurte på om jeg kunne finne det store jerntreet og begynte å
huske å ligge på bakken ved foten av treet etter at jeg hadde fått
pusten og sett min yngre brorskaphennes Jeff se ned på meg.

"Hva gjør du her?" Jeg spurte Jeff. "Mamma sa jeg kunne
komme og leke med deg. Hva gjør du?" Spurte Jeff. "Ingenting, og
du bør ikke si det til mamma!" Jeg truet. "Det gjør jeg ikke. Jeg er
flink til å holde på hemmeligheter!" Jeff smilte. Tom og jeg rullet
øynene mot hverandre. Jeff var fire år yngre enn meg, og han hadde
ikke begynt på skolen ennå. Tom var bare to år eldre enn meg, så
han hadde vært nærmere mens Jeff, som var fire år yngre, hadde
tilbrakt mesteparten av tiden sin mor. Han eren mammagutt. Jeg
hadde også en veldig ærlig natur, og kunne derfor ikke stole helt på
å holde hemmelighetene sine. "Så bann!" Jeg krevde det. Jeg
spyttet på hånden og dyttet den ut mot Jeff. Jeff følte en enorm
stolthet da han ble bedt om å gi et så høytidelig løfte. "Jeg sverger,"

svarte jeg, prøvde å spytte på hånden min, bommet, og prøvde deretter igjen med hell. Jeg klappet de slurvete hendene deres sammen for å forsegle eden. "Hva sverger jeg på, Jimmy?" spurte han skummelt. "At du ikke sier noe til mamma!" Jeg svarte krøllete. "Ok," svarte jeg, fornøyd. "La oss se etter pilspisser," la jeg til. "Den første som finner en pilspiss er vinneren!" Tom utbrøt autoritativt.

Med det kom de seg tilbake til den gamle indiske stien clearing. De begynte alle å grave gjennom bladene til jorda under og brukte deretter føttene til å klø under overflaten. Inch så på dem og begynte å grave hull rundt dem. Jeff gikk bort for å hjelpe Inch. Etter en stille tid med flittig leting, så jeg Tom slippe noe behind Jeff. Etter et øyeblikk hørte de Jeffs squeal: "Jeg fant en! Jeg fant en!" og etter et øyeblikks kontemplasjon la jeg til: "Jeg er vinneren!" Tom passet alltid på Jeff. Jeg var ikke så snill. Tom gikk bort til der Jeff sto og spratt opp og ned av begeistring. "Det er en fin en," sa han etter å ha studert stykke fliset flint. De to eldre brødrene samlet seg der Jeff holdt prisen i min lille hånd. Punktet og kantene på den utformede steinen var like skarpe som den dagen den ble opprettet. Den grønne grå steinens glassaktige glatte flintoverflate gnistret hvis den holdes under et glimt av sollys som vises gjennom det tette baldakinen.

De beundret den hellige gjenstanden i ærbødig stillhet i noen tidløse øyeblikk. Jeg så opp som om det var fra en ødelagt transe. Tom fikk hodet snudd på skulderen min og så bak ham. Det føltes som om en usynlig kraft så på dem. Jeg så bak seg selv. En sky hadde dekket solen, og mørket innhyllet ryddingen. Jeg hørte en hakkespett rotte-a-tat ekko fra et usett sted i skogen. En eikenøtt falt fra høyt over dem og landet noen meter fra der de sto. Jeg lurte raskt på om et ekorn hadde prøvd å slippe det på dem, som de har vært kjent for å gjøre. Mellom lydene ble stillheten tykkere.

"Hvorfor blir det så dark?" Jeff spurte, øynene hans begynte å vanne. "Jeg er 'redd', med det kastet jeg pilspissen på bladene og begynte å løpe. Inch yelped og fulgte. Tom og jeg så på hverandre og begynte å løpe mot den fjerne åpningen i trærne. Jeff var already langt foran da de løp over den grønne glade. Det virket som om de ble fulgt; snart følte jeg at føttene mine ikke lenger rørte bakken. Jeg løp i stor fart på lufta, ansporet av frykten som hadde slått seg ned i lemmene mine. Opening truet større da de kjørte utrettelig ut av den forbydende skogen. Da de nådde portalen, så de fremover for å se at Jeff hadde bremset til en trav over det solfylte soyabønnefeltet ledsaget av Inch. "Jeg var ikke redd. Jeg prøvde bare å finnepå Jeff," sa Tom. "Ikke jeg heller," svarte jeg tilfeldig mens de gikk over banen. "Men vi bør ta igjen Jeff før jeg snakker med mamma." Tom nikket av bekymring. De brøt seg inn i en trav igjen. De hørte moren deres ringe da de krysset banen: "Tommy, Jimmy, Jeffey, det er på tide med lunsj!"

Konspiratørene kom til bakdøren akkurat i tide for å høre Jeff erklære stolt: "Mamma, Tommy og jeg gjorde ingenting!" Tom og jeg ga hverandre et "uh oh" blikk. De gikk opp kanskje litttilfeldig. Mamma sto med sitt velslitte forkle som dekket huskjolen hennes og så mistenkelig på dem. "Dere to er et syn! Hva har du drevet med nå? Er det tresap under alt støvet? Du vet at jeg ikke kan få det ut av klærne dine. Vel, gå og vask deg. Det er smørbrød på bordet. Hell dere litt melk." Moren deres kunne ikke bli sint på dem. Dette var omtrent like mye av en skjelving som de noen gang har fått. Hun visste at de hadde blitt like ville som trenymfer. Hun var Tom-gutt da hunvar ung, og de mistenkte at hun klatret opp sin andel av trærne da hun bodde på det norske lutherske barnehjemmet utenfor Chicago. Hun var deres beste venn.

Jeg husket med et smil da jeg gikk lenger tilbake til den gamle indiske stien. I distance trodde jeg at jeg så treets jerngrå bark fra lenge siden. Lyset var ganske svakt, og stien smalt da de store trærne beveget seg nærmere. Det var en tykk matting av blader og kvister, og det ble vanskeligere å gå. Stien gikk deretterinn i en rydding, og i den sto jerntreet. Jeg ble overvunnet med sin størrelse og dominans av det omkringliggende området. Den massive stammen skrånet utover med ribber som forvandlet seg til store røtter som strakte seg ut og grep og holdt den massive tree til jorden. Jeg gikk opp til basen, sto på en av røttene og prøvde å legge armene rundt bagasjerommet. Jeg trodde ikke jeg kom meg en fjerdedel av veien rundt den ribbete basen. Jeg sto tilbake og så opp og lurte på om jeg fortsatt kunne klatre. Jeg gikkopp til bagasjerommet igjen, tok tak i to av de fremspringende ribbeina og prøvde å løfte meg selv. Jeg innså raskt hvor nyttteløst det var. Jeg trodde at barn måtte bli født som en del ape og deres tid i trærne ville ende som de blir begrenset til jorden som voksne.

Jeg begynte å bli sliten. Jeg fant en innrykk mellom to av de utstrakte røttene som hadde en myk base av tykke blader. Jeg slo meg ned i det komfortable rommet og lukket øynene. Luften var stille og luktet av den søte skogen komponertt. Jeg lukket øynene et øyeblikk. En rød crested kardinal opplyst på en busk noen få meter fra der jeg reposed. Fuglen begynte sin sangtale som jeg aldri hadde hørt fra noen annen fugl. Den så på meg og begynte sin sørgelige historie. Jeg satt stille, uten moving, og lyttet. Jeg prøvde ikke å forstå, men jeg visste at fuglen prøvde å kommunisere til meg. Jeg lot ganske enkelt tankene vandre mens jeg lyttet. Den vakre røde fuglen avsluttet sin historie og fløy av gårde. Jeg fortsatte å la tankene vandre uten å prøve å gjøreetse av møtet. Jeg lukket øynene og sovnet.

Jeg begynte å drømme. Jeg følte at selv om jeg sov, var jeg ved bevissthet. Jeg følte at jeg forlot sovekroppen og begynte å reise over skogbunnen. Jeg trodde at drømmene mine vanligvis er i en fantasy av noe slag, men at nå så jeg ut til å være på jorden. Da jeg gled lydløst gjennom skogen, fant jeg ut at jeg var akutt bevisst på alle detaljer om hva som var rundt ham. Jeg så ut til å ha all den tiden jeg ønsket å legge merke til en edderkopp som laget en web ved foten av et tre, og jeg hadde absolutt visjon om hver gossamertråd og hvert lite hår på det lille insektet. Jeg plukket ut detaljer om forskjellige skogskapninger for å bekrefte min evne til å være klar over alt. Jeg tenkte selv hvor begrenset vi ser gjennomøynene. Jeg beveget meg gjennom skogen og ble trukket til et bestemt sted. Jeg kom dit bekken hadde skåret en sandklippe i skogbunnen. Jeg husket hvordan jeg og broren min hadde funnet dette stedet en gang og likte å hoppe fra toppen og inn i den myke sand ved siden av bekken. Jeg studerte scenen med intens ro og innså deretter at jeg ikke var alene. Jeg følte tilstedeværelsen i nærheten av meg og ventet. "Treklatr, du har vært borte lenge." Jeg hørte i hodet mitt. Det var ingen frykt. "Du har hatt mange difficulties." Stemmen lød. "Du er i fare her."

Det føltes som om jeg ble transportert til den tiden da familien min først hadde flyttet til California. De flyttet til San Fernando som er et meksikansk samfunn. De var de eneste hvite barna på aog var på en gang målrettet av de tøffe meksikanske barna. Min bror som var tolv og jeg som var ti år gammel måtte ofte kjempe etter skolen. Jeg var kort og tøff og hadde en glassnese slik at når jeg ble slått i ansiktet, ville nesen min umiddelbart væregin å blø. Dette reddet meg fra mer brutale slag. Tom var tynn og skrøpelig og kom ofte godt hjem. Begge brødrene prøvde å skjule sine problemer fra sin mor.

Jeg kom hjem en dag etter skolen og så barn samles rundt en slåsskamp. Jeg gikk bort til mengden og så min bror Tom bli hardt slått. Sinne, raseri og hat begynte å fylle lille brystet mitt. Jeg dyttet gjennom mengden og hoppet på mine brødres angriper som var mye større enn meg. Jeg hadde gått inn i en sinnstilstand der jeg ikke visste hva jeg gjorde. Et morderisk raseri fortærte meg. Jeg rev mot angriperen som et vilt dyr. Jeg falt på at han slo, snek seg og bet. Da vennene mine prøvde å hjelpe ham, vendte jeg meg mot dem og angrep. Til slutt hadde de alle avrenning og Tom lay på bakken redd. Raseriet forlot meg etter en tid, og jeg begynte å gråte. Jeg hadde blitt banket opp, og begge håndleddene mine var forstuet. Tom la armen min rundt og hulket meg, og vi gikk hjem.

Jeg husket ikke bare å scene, men var også i stand til å se det som en derinteressert observatør. Jeg husket at jeg hadde mistet bevisstheten under hendelsen og egentlig ikke visste hva som hadde skjedd. Jeg var i stand til å være vitne til angrepets ondskap fra så lenge siden. "Det er fare for deg her. Du er en fare for degselv," sa stemmen. Jeg kjente et trekk vekk fra stedet. Jeg beveget meg raskt som om jeg ble trukket av en tråd tilbake til min sovende kropp. Jeg våknet. Det var sent på ettermiddagen. Jeg reiste meg og gikk ut gjennom den gamle indiske stien.

Jeg gikk inn iettermiddagssolen med dronning Anns blonder, kjegler og milkweed som var i høstmarken. Bier og sommerfugler steg opp i luften mens jeg gikk. Jeg kom til bakdøren til min fars hjem, klatret opp i tretrappen og gikk inn i bakre gjørmerom. Av til høyre lead en trapp inn i en musky kjeller. Jeg klatret opp de overbygde trappene og befant meg på kjøkkenet. Virginia var opptatt med å lage middag. "Hadde du en fin tur, kjære?" spurte hun søtt. "Veldig hyggelig, takk" "Faren din er i studien watchenging ballgame."

Jeg gikk inn i den lille, komfortable studien. Pappa sov i en liggende stol. Cubs-spillet var på TV. Jeg satte meg ned. Pappa våknet. "Hei, jeg, hadde du det hyggelig i dag?" "Jeg gikk en tur ned den gamle indiske stien." " Jeg har ikke gått den stien på mange år. Er den fortsatt åpen?" Pappa spurte. "Det er litt overgrodd i begynnelsen, men klart lenger tilbake." "Du og Tom likte å spille der da dere var unge, ikke sant?" "Ja, vi pleide å finne pilspisser." "Dere likte å klatre i trær også, ikke sant?" Pappa så intensjonelt på meg. Jeg smilte: "Vi klatret noen få." "Liker du å se kampen?" "Min venn Tommy Lynch hørte på Dodgers på radioen. Hvis vi så den, slo vi av lyden og lyttet til radioen i stedet. "Hei, det er en god idé. Jeg skal prøve det en gang." Pappa svarte.

"Husker du forresten Rudy Valstorff fra nedover gaten? Jeg er sjef for statens motorveiavdeling i La Porte. Du begynner å jobbe mandag." Pappa utbrøt stolt. "Flott," svarte jeg oppriktig. Jeg var helt tom for penger og trengte en jobb raskt. Jeg pustet lettere. "Middag, dere to," ringte Virginia lystig.

Riksvei

Jeg våknet til reisealarmen før daggry mandag morgen. Jeg gled raskt på mine velslitte Levi's, en langermet crew neck skjorte og min blå rutete Pendleton ullskjorte. Pappa var ved spisebordet og spiste havregryn, toast, appelsinjuice og kaffe. Virginia sto ved kjøkkenbenken i sine myke tøfler og tunge kappe over skjærnatten som went nesten til gulvet. Hennes store figur og tykke gyldne blonde hår som var pakket dyktig på hodet hennes, gjorde henne attraktiv selv på denne tiden av morgenen.

"God morgen, kjære. er havregryn, ok? Faren din har alltid havregryn," så hun kjærlig ut som ent-pappa. "Det er greit, jeg liker havregryn," svarte jeg søvnig." "Gleder du deg til din første dag?" Pappa spurte spøkefullt "Ja visst". "Bare ta det rolig de første dagene. Du vet, noen av disse karakterene kommer ikke til å like det lange håret ditt," advarte pappa "Jeg antar at de bare må venne seg til det," svarte jeg trassig. Pappa så ned på havregryn mens han spiste, kanskje litt flau. "Pappa, jeg skal prøve å ta det rolig," beroliget jeg ham.

Jeg gikk ned mursteinsterrassen til den lille duggdekkede svarte sportsbilen. Det var kaldt inne i skinninteriøret som var beskyttet av en værslitt vinylplate. Jeg snudde nøkkelen, trykket på startknappen, og den muskuløse firesylindrede motoren spratt til liv med et brøl. Følelsen av det skinnbelagte rattet i hånden føltes som om jeg holdt noe levende i hendene mine.

Morgenluften var stille, og det var bakketåke. Den var ikke tykk i huset, men da landeveien gikk gjennom ble den dypere og

tykkere. Da jeg kjørte gjennom laveflekker, kunne jeg ikke se i det
hele tatt. Jeg krøp sakte sammen, og da veien steg høyere, ville
toppen av den lille bilen se over et hav av hvit sky. Jeg lette etter
gjerdestolper for å holde meg på veien. Da jeg endelig kom
nærmere La Porte, forsvant tåken.

Jeg ble til statens motorvei og fant et sted å parkere ved siden
av de andre bilene. Den rumbling Triumph forstyrret den stille
morgenen. Jeg gikk ut, strakte beina og trakk de trange buksene fra
skrittet mitt. Jeg la merke til en liten gruppe menn som sto over
hagen, og alle stirret på meg. En stor blond mann sto i midten av
gruppen. De blå øynene hans brant et hull i meg. Håret hans ble
skjøvet opp på sidene og håret dannet seg over hodet i en tuft som
falt ut over pannen som en fjær. Selv om det var en kald morgen,
hadde han på seg en t-skjorte med en pakke sigaretter rullet opp i
ermet. Jeg så meg tilbake en kort stund og avverget øynene mine.

Statens vegvesen var en samling av stålbygninger, asfalt,
ettungt utstyr. Det var en hule metallbygning som var lastet med
utstyr gjennom den store roll up døren. Det var her de fleste av
mennene hadde samlet seg med den voldsomme praten til
arbeidere som kjente hverandre godt og var vant til å treneide i
elementene sammen. På den andre siden av det velslitte fortauet
var det et mindre vedlikeholdsbygg. Rudy Valstorff møtte meg i
hagen og ba meg gå bort til den mindre bygningen og se Chris, som
var manager. Jeg gikk bort til stålbulilding som hadde peeling
maling og rustne eves. Jeg traff Chris ved døren.

"Rudy har gitt deg til mannskapet mitt. Jeg ba meg hjelpe deg å
bli kjent. Er du på besøk fra California? Chris var av middels bygg,
renbarbert, med velpleid mørkt hår. Jeg var av østeuropeisk

avstamning som mange som bodde i og rundt La Porte. Han var bløt og hadde en mild natur, men jeg hadde en melankolsk oppførsel. "Jeg tilbringer sommeren med faren min. Det er lenge siden jeg har vært her, svarte jeg. "Du vil ikke siat min avdeling kan virke litt rar for deg. Jeg skal snakke med deg om det senere. Gå inn og ta en kopp kaffe. Velkommen om bord."

Da jeg kom inn i betong- og stålbygningen, kom jeg inn i et trekkfullt rom med skrivebord rundt omkretsen og lunch bord mot midten. Det var menn samlet i små grupper som snakket stille. En eldre svart mann presset en kost; Jeg så ikke opp eller så ut til å vaske gulvet i noe rusk. Det var en hevet glassbod i det ene hjørnet der en mann som hadde en large kjeve satt inne og slipte tennene. I den andre enden av rommet satt en mann med store fremspringende øyne og stirret ut som en kanin som følte fare. En vennlig eldre mann, som så ut til å stirre ut i rommet, hvisket "Kaffe i hjørnet." Da jeg helte from Pyrex kaffe mugge inn i Styrofoam koppen, den blonde mannen som jeg hadde sett utenfor gikk inn med en swagger. Det var lett å observere at jeg en gang hadde vært mer muskuløs fordi huden hang løs på armene hans, selv om han ikke så ut til å erkjenneforandring.

"Jim!" Eddy ringte fra den andre siden av garasjen, fryktens utseende etterlot ansiktet hans. Eddy hadde store fremspringende øyne på et stort rundt hode som satt på en ramme som ble hengt over da han beveget seg raskt over rommet. "Hallo Eddy" Jim ringte tilbake mens jeg stofor å snakke med noen av de andre. Eddy kom meg over gulvet for å stå ved Jim. Han strålte mens han fulgte Jim gjennom rituelle hilsener.

Jeg sto i hjørnet og drakk den svake kaffen og begynte å innse at nesten alle hadde noen personal defekt som ville skille ham fra den generelle befolkningen av arbeidere. Chris kom ut for å gi alle arbeidsoppgaven sin for dagen. Chris, som Jim, var en som alle så opp til. Ansiktene lyste opp da han kom enkeltvisfor å spørre hvordan de var og gi dem sine oppgaver. "Jeg jobbet med Bill i forrige uke, la noen andre jobbe med ham i dag." klaget en av mennene. "La meg se hva jeg kan gjøre, men gjør meg en tjeneste og jobb med ham i dag, ok?" Chris svarte forsiktig. "Ok Chrer det, hvis jeg vil." Jeg svarte med et saueaktig glis. Chris fikk meg til å se på scenen og skjøt et forståelsesfullt blikk.

Da alle skulle på jobb, sauntered Jim opp til der jeg sto etterfulgt av Eddy. "Du skal jobbe med oss i dag , gutt. Vi skal vise deg tauene." "Ja, tauene." Eddy meislet inn.

De kom oss over fortauet og unngikk dumpere og pickuper som forlot verftet. I den andre enden av tomten var den mest forfalskede Dodge mannskapshytten jeg noensinne hadde sett. Den hadde gul maling som hadde slitt av gjennom årene, og dekkene var store, gamle og sprukne. Inne ble vinylen revet, og drosjen var skitten. Eddy hoppet inn i haglesetet som en liten gutt som gjorde seg klar til å dra til en fornøyelsespark. Jeg børstet av setet og dyttet søpla ut av veien med foten da jeg klatret inn bak. Jim gjorde en rolig inspeksjon av interiøret før han klatret bak rattet. Etter en kraftig pumping av gasspedalen forskjøvet motoren seg til liv med anfall ogsp-urts, og til slutt slo seg ned i en urolig tomgang.

— Må la henne varme opp litt før vi drar. Hun er litt tøff når hun er kald." Jim utbrøt offhandedly. "Hun er litt tøff når hun er kald." Eddy gjentok. Jim dyttet til slutt inn clutchen ogg rundt overføringen i første gir. Den store gamle boksebilen lukket og stønnet motvillig før den sakte sniket seg fremover. "Vi skal hente søppel og roadkill i dag." Jim uttalte autoritativt. – Vi skal gjøre det til en enkel dag. Ikke sant, Eddy?" "En enkel dag, Jim." Eddy smilte som svar.

Vi begynte på den godt reiste ruten langs riksveiene for å plukke opp søppel, rydde opp flatt dyreliv og samle søppel fra søppelbøttene på resten stopper. "Det er en stor en!" Jim bemerket da jeg dro tømmerbilen av på skitt skulderen. "En stor feit 'coon!' Eddy bemerket. "Det ser ikke så modent ut."

Jeg gikk ut av drosjen med Eddy. Han tok tak i en stor aluminiums bred bladspade fra lastebilens seng og fortsatte med å skrape slaktkroppen av fra siden av veien. Kråkene hadde allerede begynt å plukke bort på kjødet. De svarte scavengers foretrekker å la kjøttet myke i solen til en viss aroma er oppnådd som regel, ble jeg fortalt av Eddy. Jeg holdt en plastpose åpen da Eddy deposited de luktende restene. "Det var en stor en." Eddy bemerket lykkelig da Jim lettet lastebilen tilbake på motorveien og fikk trafikken til å bremse bak dem. «Tøm søpla på resten, så lager vi vårt første kaffestopp på kafeen», sier Jim.

Vi gikk inn i kafeen på riksvei 20 ved US 39 mellom La Porte og South Bend. Alle de aldrende servitrisene kjente Jim og Eddy ved navn. "Hvem er den nye gutten?" ringte en kort overvektig kvinne med et fettete rosa forkle til Jim fra den andre siden av rommet. "Jeg er fra California. Er han ikke pen?" Jim ringte tilbake da vi slo oss ned på barstolene. "Yeah, pen!" Eddy gjentok da han smilte til Jim. Alle servitrisene virket veldig interessert i at det var noen helt fra California her, så jeg hadde ikkefortalt at jeg besøkte faren min, og at jeg hadde bodd i Galena Township som barn. Jeg ble spurt om jeg kjente denne eller den personen, og de ville ikke være fornøyd før vi fant noen vi kjente til felles. "Kjente du familien Wicks? De levde utpå den måten, hadde et stort hvitt hus med noen fine griseboder på baksiden. "Å ja, jeg tror jeg husker dem, på 900 nord, var de ikke?" Jeg løy. "Å ja, 450 øst, jeg husker." Jeg svarte etter å ha blitt korrigert.

Jim moret seg over at jeg var ukomfortabel med å være i rampelyset og gjorde det til et poeng å gjenta manuset hvert sted de stoppet. Eddy var bekymret og stolt over at jeg skulle være sammen med noen som genererte slik oppmerksomhet. Han la av og til til en kommentar om et sted jeg hadde vært eller om noen jeghadde kjent. Servitrisene ville lytte høflig til ham fordi det ikke er landets måte å fornedre noen på grunn av et mentalt handikap. Det var det byfolk gjorde for å øke sin egen selvbetjening jeg trodde.

De tilbrakte resten av dagen traveling langs motorveiene rengjøring søppel og roadkill mens Jim fortalte mine gjerninger av mandighet til dem. I min tid hadde jeg vært atletisk. Da vi passerte Saugany Lake bemerket han: "Jeg pleide å svømme innsjøen til den ene siden og deretter tilbake igjen uten å stoppe. Sometimes Jeg ville gjort backstroke." Jim var en stor svømmer, ikke sant, Jim? Eddy hadde hørt historiene mange ganger før. "Din jævla rett jeg var, Eddy, og jeg var en av de beste bryterne i denne delen av fylket. Det var mange en lei fyr som lagde en pappapå en av jentene mine. Jeg har aldri skadetdem, og aldri mer enn de fortjente."

Neste morgen ankom jeg statens motorveiavdeling tidlig. Mennene hadde ikke samlet seg ennå, slik de hadde gjort i går. Chris kjørte inn i hagen og kjørte en gammel varebil med flere passasjerer. Mange av mennene som jobbet for Chris stablet seg ut av varebilen og tok seg til den lille stål- og betongbygningen som hadde gul maling som skrelte av i store strimler. Jeg fulgte misfits inn i det klamme interiøret. Noen av mennene gikktil et stativ som holdt koster og gikk for å finne sin favoritt før noen andre tok den. Et par av mennene begynte å feie, de andre tok kostene sine for å holde mens de satt på en av benkene. Hver av dem hadde sin plass og voktet den sjalu. Eddy came inn i rommet, stoppet ved døren, så seg forsiktig rundt, og lagde deretter en bielinje til meg, tok jeg en kopp kaffe og ventet. Noen av de andre mennene filtrerte seg inn og satt i stillhet.

Jim sauntered inn. De som var mer klar over sine omkringliggendes så opp og ansiktene deres lyste opp. "Jim!" Eddy ringte fra den andre siden av rommet og tok raskt min plass ved siden av Jim. Han gikk rundt i rommet og svømte fra mann til mann som tok imot hyllest. Chris kom ut. Mange av mennene samlet seg rundt ham og så på ham feller retning. Jeg snakket forsiktig med hver av dem som viste ekte bekymring. Han kom bort til meg.

"Hvordan var den første dagen?" "Greit." Jeg svarte: "Hjelp Jim og Eddy igjen, OK?" "Greit." Jeg sa:

Jim, Eddy, og jeg kom oss over den travle hagen og klatret Inn i den gamle Dodge. Jim måtte pumpe gassen. Det tok noen forsøk å få det gamle dyret i gang. Eddy spratt på setet med forventning. "Ro deg ned, vil du?" Jim scowled. " Det er for jævlig tidlig. Hva har det lange håret å si i morges? "God morning," svarte jeg. "Som er det, jeg har bakrus." Eddy så bort på Jim med bekymring da lastebilen snek seg frem fra gården.

De gikk ut på riksvei 2 og hadde ikke gått langt da lukten av en skunk ble overveldende. Jim trakktømmerkjøretøyet av på skulderen der skunk lå flatt mot midten av firefeltsveien. «Vi må se på trafikken og komme oss ut dit og skrape den opp raskt», advarte Jim. "Kom deg ut og gjør spaden klar, Gutt. Eddy, hold deg vedlastebilen med søppelsekken, og forsegle den jævla tingen godt! Få et trekk på Boy!"

Jeg gled ut av lastebilen og tok tak i en stor flat bladskuff i aluminium med sin velslitte kant fra sengen og ventet på en pause i trafikken. "Kom igjen Boy, vi har ikke all dag!" Jim ropte fra innsiden av drosjen.

Jeg skyndte meg ut til midten av veien og prøvde å skrape den stinkende slaktkroppen av veien. En bil nærmet seg raskt. Jeg kjørte av veien tilbake til lastebilen akkurat i tide. Jim brølte av glede. Eddy Laughed med Jim mens jeg sto med bagen ved siden av lastebilen. "Kom deg ut igjen, Gutt!" Jim ropte. Jeg løp ut igjen i en kort pause i trafikken, øset den stinkende massen inn i den brede spaden og løp av veien akkurat i tide før en lastebil strødde av blasting sitt horn.

Jim brølte av glede. Eddy lo da jeg holdt posen åpen for at jeg skulle deponerne slaktkroppen. Jeg trodde ikke jeg kunne puste inn luften lenger uten å kaste opp. Jeg satte meg i baksetet og følte meg kvalm i magen. "Litt av en sissy aren't you, Boy? Ingen skunks i California? Du vil bli vant til det, vil du ikke Eddy? Jim lo "Sissy", svarte Eddy med et smil om det kjedelige ansiktet.

Lenger fremme var det en tenåringsjente som hadde satt opp et bord langs siden av veien. Hun hadde plastblomster og sommerfugler som hun hadde laget ved hjelp av ledninger som former. "La oss stoppe," erklærte Jim plutselig da han bremset, og den gamle Dodge klappet på skitt skulderen. Han jordet trannyen i revers og rygget nær bordet i en støvsky. Vi åpnetknirkende dører og dro for å se jenta, og det var selvfølgelig derfor vi hadde stoppet. Hun var i midten av tenårene, hadde mørkt mykt hår og var konservativt kledd. "Hei baby!" Jim spydde "Hva selger du?" "Bare disse plastpyntene." svarte hun stille. "De er like pene som deg." Jim smilte. Jenta som åpenbart var veldig uskyldig begynte å vise ubehag. "Har du noen gang kom deg ut alene?" Jim presset. Under den pinlige stillheten spurte jeg: "Hvor mye er denne?", da jeg plukket opp en red klar plastblomst. Mye lettet, så hun opp på meg og smilte "Den er en dollar, men hvis du vil, kan jeg plukke ut tre av favorittene mine og sette dem i en av disse glassflaskene for deg for to dollar." Mens vi snakket, kikket jeg tilbake på Jim som hadde et blankt blikk av refleksjon i ansiktet hans. Jeg betalte for blomstene, takket jenta, og vi klatret tilbake i bilen. Vi kjørte i stillhet til neste kafé og raste til et stopp utenfor. Jim førte oss til en bås i stedet for å sitte ved disken som det var usual. Vi satt i stillhet etter å ha bestilt kaffen vår til Jim brått brøt spenningen.

"Jeg håper jeg ikke rotet deg borti den søte lille dritten der bak. Jeg er fryktelig lei for det. Du skjønner", han stoppet,"Jeg ville bare ha litt ung fitte en gang til." Eddy øyne kjedet seg nervøst inn i Jim. Han hadde aldri hørt Jim be om unnskyldning til noen om noe før. Han likte ikke følelsen i magen. "Hva mener du, Jim?" "Eddy, jeg har vært syk." Han startet etter en pause: "Har du ikke lagt merke til hvor mye vekt jeg har lagt ned? Jeg røykte for mange år, og nå er det fanget opp med meg. Jeg burde ikke engang jobbe nå, men hva skal jeg gjøre? Du vet at jeg ikke har noen hjemme. Jeg ville aldri slå meg til ro, og nå har jeg ingen. Å blimed deg i den fordømte gamlebilen og drikke i baren om natten er alt jeg har."

Da han sluttet å snakke, holdt han kaffekoppen i begge hender og stirret inn i den med bøyd hode. Fasaden av uovervinnelighet var borte. Nå satt et redd barn overfor meg. Frykten hadde oppstått inne i Eddy, han fiklet i setet sitt, og øynene hans svulmet enda mer. Jeg visste at jeg skulle ha sagt noe for å lette spenningen, men jeg sa ingenting. Vi red tilbake til garasjen i stillhet. De neste dagene var det dystert å ri med Jim og Eddy i dengamle Dodge. Eddy ville ikke la Jim gjøre noe annet enn å kjøre. Jeg tror han følte at hvis han gjorde alt arbeidet for Jim, ville Jim på en eller annen måte ha det bra. Jim snakket sjelden. Han ble svakere.

En dag sluttet han å komme på jobb. Rudy flyttet meg inn i hovedbutikken og inn på et veislappende mannskap. Jeg tilbrakte de neste ukene bak en dumper fylt med varm asfalt. Den fuktige Indiana sommeren ble punktert med bitende damp av varm tjære. Den klissete svarte gooen klamret seg til spaden og gelsker, og dampen gjennomsyret klærne og neseborene mine. Lukten ble en permanent del av livet, og nektet å bli vasket av. Stemoren min var ikke fornøyd, heller ikke noen andre for den saks skyld.

En dag ute i den varme solen midt i den tørre dampende tjære hspiser jeg ble fortalt at Jim hadde dødd. Jeg var ung og åpen for livets smerter og gleder, og det bet meg. Jeg var ikke forherdet over å ha kjent noen og så få ham til å dø. Solen virket lysere, trærne mer levende, og jeg følte meg trist. Et par dager senere kom Chris bort til meg og ba meg bli med ham. Vi kjørte til Eddies lille skur ved jernbanesporene i en del av byen som sjelden ble sett. De spredte nedslitte husene hadde skitt plener og ødelagte stakitt

gjerder. Det var noen forlattelagerseanser der et par ribbede
hunder slunket med hodet mot den sprukne betongen mens de så
oss passere forbi.

Da vi kom hjem til Eddies, la jeg merke til den gamle slitte
hvitvaskingen, det sagging taket og manglende treskjermer. Chris
sa at huset haddegått til Eddies mor før hun døde, og nå bodde han
der alene. Vi gikk opp på den knirkende verandaen, og Chris banket
på. Etter et minutt åpnet Eddy døren. Øynene hans var store og
røde. Han hadde grått. "Hei Eddy. Du har ikke vært å work på et
par dager, så vi kom ut for å se hvordan du har det." Chris snakket
mykt. Eddy så på oss med store søkende øyne. Jeg så meg tilbake
og prøvde å smile, men han så så tragisk ut. Han sa til slutt: "Jeg vil
ikke gå på jobb Chris."

Jeg så etslektsskip mellom Eddy og Chris som om Chris også
hadde vært en sorgens fange. "Du må jobbe med Eddy. Du vet at
jeg har gjort mye for at du skal jobbe de siste årene, men det er
bare så mye jeg kan gjøre. Vi er alle lei for det med Jim. Han ville
ha ønsket at duskulle jobbe." "Ikke i dag." Eddy hulket. Jeg visste at
Chris hadde tatt meg med for å overbevise Eddy om å komme på
jobb. Han ventet på at jeg skulle snakke, men jeg sto der dum i den
pinlige stillheten. "Jeg er tilbake i morgen klokken sju. Vær klar til å
gå på jobb. Vi trengerdeg. Ok? "Ok Chris." Eddy lukket døren til sitt
dingy rom av sorg.

Jeg så ikke Eddy i løpet av min siste uke jobbe for riksveien.
Dagene begynte å forkortes, og livet virket melankoliere enn da jeg
kom. Maisen var høy, og goldenroden hang en tung gul i engene

Etter min siste arbeidsdag begynte jeg en siste låt på Triumph TR4 fra 1963 som jeg hadde kjørt fra LA til fortiden til Indiana hardvedskog noen måneder tidligere. Den engelske brødboks sportsbilen hadde doble SU-forgassere som måtte synkroniseres med jevne mellomrom. Når vakuumstemplene som bar de lange tre-tommers nålene opp fra gassåpningen beveget seg unisont slik at bensin kunne suges med lik villskap inn i sylinderne, og than eksos avgir et dempet brøl da gassen ble åpnet, var jeg klar.

Det hadde vært en ettermiddagsdusj. Sandjorden avgir en søt skarp duft. Greenene ble smaragd i skumringen. Pappa gikk mellom radene med unge nursery planter. Han hadde på seg brune Carhart bib overalls, og knærne var fuktige med knelende over de unge plantene. Hans korte, brimmed kluthatt ble hengt frem da han gikk mot banen for å møte meg.

"Jeg skal dra," ringte jeg da han kom near. Er du sikker på at du ikke blir til middag?" svarte han: "Mary kommer snart hjem." "Nei, jeg vil ha noen kilometer på i kveld, takk uansett." "Har du nok penger?" "Ja, jeg har det bra." Jeg hadde forlatt California noen måneder tidligere med femti dollar i pocketen min. Jeg hadde fortsatt tjue da jeg kom til Indiana. "Trenger du å fylle opp med gass? Jeg har mye i tanken." Han hadde en stor primer rød gasstank støttet på vinkeljernben for gårdsutstyret sitt. – Nei, jeg er nesten mett. Si farvel til Mary, og takk." Har du et ekstra viftebelte? Du vet aldri når du kanskje trenger en." Selv om han var elektriker av handel, og var flink til rørleggerarbeid og snekkerarbeid, hadde han aldri vært bilmekaniker. Han var bekymret for viftebelter. "Jeg seren på veien." Jeg løy. Da jeg gikk min vei, ropte han: "Hold deg under åtti!" Jeg så meg tilbake, vinket og smilte da jeg gled den skinnende svarte sportsbilen inn i første gir og lettet av clutchen.

Bananboksen

Rocketdyne ble bygget på slutten av førtiårene midt i de oransje lundene i den vestlige San Fernando Valley, nord for Los Angeles. Nazi-rakettforskerne som hadde utviklet V2-raketten som hadde regnet ødeleggelse på Storbritannia, ble transplantert til Sør-California for å utvikle rakettmotorer for ICBM-ene som ville avskrekke den røde russiske trusselen. Det massive anlegget ville svulme til over tjuefem tusen ansatte i løpet av sekstitallet rase for månen. Da jeg begynte å jobbe på Rocketdyne på midten av åttitallet, ble de byggetromfergen så vel som militære rakettmotorer.

Jeg hadde vært elektrolærling i bygg og anlegg før jeg gikk på jobb som elektriker på Rocketdyne. Jeg tok noen elektroniske kurs etter et par år og ble elektronisk tekniker. Mine medteknikere og jeg var ansvarlige for å vedlikeholde og feilsøke myriaden av metallarbeidsmaskiner og prosessutstyr som var nødvendige for å bygge de forskjellige typene flytende drevne rakettmotorer.

Det var en våt vintermorgen da jeg gikk gjennom maskinverkstedet i den ekspansive trekkmetallbygningen. Det var en øredøvende racket av maskiner som dyttet sine sylskarpe skjæreverktøy gjennom eksotiske metaller. Delene var bestemt for innsiden av massive rakettmotorer der liquid hydrogen og oksygen ble pumpet under enormt press gjennom en dyse der den ble tent i en kontrollert eksplosjon.

Maskinistene satt med blanke stirrer, deres sinn på et fjernt
sted, da de så metallflisene hoppe fra de roterendebladene. Hvis
jeg fanget et av de inngangsøyne, ville han knipse kort tilbake til
nåtiden for å smile tilbake til meg. De var misunnelige på
vedlikeholdsarbeidernes frihet til å vandre i butikkgulvet. Det var et
kaldt utkast i høybukta bygningen om morgenen som tis, og en
oljetåke i luften etterlot en glatt rest på alle eksponerte overflater.
Jeg var forsiktig med fotfestet på det flisede og slitte epoksybelagte
betonggulvet da jeg gikk videre til vedlikeholdsbutikken.

I morges fikk jeg i oppdrag å reparere en stor vertikal
revolverbenk som hadde "gått ned" kvelden før. Dette var en
gammel hydraulisk drevet uhyrlighet som lekket olje overalt og var
farlig å gå rundt på grunn av det glatte gulvet. Selv det elektriske
skapet hadde olje i seg. Jeg made mitt utseende, sjekket sikringer
og overbelastninger, så etter eventuelle sikkerhetsbrytere som kan
være åpne, snakket med operatøren om hvordan barna hans hadde
det, og dro deretter for å finne Sandy.

Sandy var en høy overvektig sloppily kledd
vedlikeholdsingeniør som hadde vært tekniker da jeg ansatte inn,
men hadde blitt forfremmet kort tid etter. Han var sekstitallets
versjon av en nerd. Han og hans high school-kamerater bygde
pirat-AM-sendere og skinkeradioer som de satte opp på forskjellige
steder rundt San Fernando Valley for å spille forbudt musikk og
fremme radikal tanke. Sandy hadde også bygget motorer for hot
rods som skremte andre cruising Van Nuys Boulevard på fredag og
lørdag kveld siden midten av sekstitallet. Det var lite av den
nåværende elektroniske eller mekaniske teknologien som Sandy
ikke hadde mestret.

Jeg gikk opp den dingy trappen til andre etasje i vedlikeholdsbutikken der Sandy hadde kontoret sitt. Det var lite plass til å sitte i hans lille avlukke fordi det var fullstappet med elektroniske og mekaniske deler som Sandy hadde reddet fra søpla. Han satt og jobbet på tastaturet på skrivebordet sitt, men han måtte lene seg over for å nå det fordi plassen under skrivebordet hans var full av gamle vakuumrør som han hadde reddet fra ødeleggelse. Han hadde sin vanlige rutete polyesterskjorte med korte ermer som var firkantet kuttet og åpen under magen. Han hadde på denim jeans som så ut til å være av et strekkmateriale på grunn av hvordan de klamret seg til hans massive lår. Gamle olje- og fettflekker ga inntrykk av at han ikke var ren, but som sjelden var tilfelle. Skoene hans som var dekket med et fint belegg av rødt støv satt av til den ene siden av skrivebordet hans. En av skoene ble revet ut i den nederste sømmen, lissene var ødelagte, og var bare laced delvis opp. Han satt og masserte feet på det gamle slitte teppet. Han hadde en svart sokk og en blå sokk på de store føttene og en stor tå stakk ut av et hull i den svarte sokken.

Jeg sto utenfor og ventet før jeg forstyrret ham. Han så opp, så meg, ga et stort glis og sa: "Jim alee! Det er så Lee, Mar Lee, Jim Alee og Sandi Lee! Han satt der med et stort glis og ventet på at jeg skulle gi riktig svar.

"Ja", jeg var enig, "det er så Lee, Marley, Jim Lee og Sandy Lee." Han gjorde alltid narr av etternavnet mitt og prøvde å gjøre alle til en 'Lee'. Med det stakk han ut den store hånden med fingrene forlenget og ventet på at jeg skulle håndhilse på ham. Sandy var omtrent 6 fot 2 med en massiv kropp og ekstremiteter å matche. Dette skulle ikke være et normalt håndtrykk. Dette var en konkurranse for å se hvem coulville knuse de andre hånden. Jeg hadde kommet for å be om en tjeneste og kunne ikke nekte utfordringen. Jeg hadde et godt grep, men hendene mine var små. Sandy visste at han hadde fordelen. Han strakte fingrene for å gjøre hånden så stor som mulig, slik at jeg ikke kunne få et godt grep rundt den store pannekakehånden hans. Jeg muskler opp motet mitt, grep raskt på den utvidede hånden, og prøvde å få fingrene rundt baksiden av hånden så langt som mulig. Men før jeg fikk et godt grep, følte jeg at hånden begynte å klemme rundt knokene mine. Han klemte hardere stirrer intensjonelt på meg med sine blå øyne som satt tett sammen sitter over en nese som verken var skarp eller bulbous, men var rett og slett stor. Jeg trakk hånden ut med en voldsom innsats fra skrustikkegrepet før detble gjort store skader. Han så på meg med et seirende smil.

"Din drittsekk", snarled jeg. Min kommentar ga ham stor glede.

"Koppee?" spurte han med et kjepphøyt hode. Så Lee var en koreansk tekniker som sa "kaffe" på koreansk måte, "koppee". Sandy hadde adoptert denne uttalen til rib så. Det spilte ingen rolle om Sandy virkelig ville ha kaffe eller ikke, dette var en del av ritualet hvis du ville ha hans hjelp.

Etter at jeg kjøpte kaffe til Sandy, men før jeg kunne begynne å fortelle ham om problemet med maskinen, gikk Brunsky inn i det trange avlukket. Brunsky var en anleggsingeniør som hadde kontoret sitt ved siden av Sandy's. Han gikk inn, lente seg ned for å hviske noe i Sandys øre, de humret begge, og han gikk ut. Hvis Brunsky hadde et fornavn, hadde jeg glemt det. Han var bare Brunsky. Han levde for den praktiske vitsen; alt annet var sekundært til denne virkelige grunnen til hans eksistens. Han hadde funnet en partner i kriminalitet med Sandy. Han initierte sjelden en ordning uten å konsultere ham om spørsmål om personlighet og taktikk. Resten av oss var naturlig skeptiske til Brunsky, selv om han var godmodig og ikke med vilje ville skade noens følelser.

Chuck Neistroy var en liten, skallet, stille fasiliteter ingeniør som Brunsky bli venn med som en edderkopp would bli venn med en flue. Chuck gjemte sin profesjonelle ineptitude bak en maske av høytidelig bekymring, det samme gjør mange som ikke er gode på sitt arbeid. Han bar religiøst en banan til kontoret hver dag for å spise ved pause. Det var denne vanen som ga ledetråden til kuppet de gras av alle praktiske vitser. Hvorvidt Brunsky eller Sandy hadde initiert ideen, var helt avhengig av hvilken av dem du snakket med.

Hver dag, da Brunsky hadde et hemmelig øyeblikk, tok han Chucks banan og klemte den fra topp til bunn. Chucks banan ble brun og grøtaktig. Dette fortsatte daglig i et par uker da Chuck endelig nevnte det til Brunsky som pliktoppfyllende hadde avstått fra enhver omtale av bananen. "Jeg kan ikke forstå det", klaget Chuck til Brunsky som tilfeldigvis var ved Chucks skrivebord og passerte tiden på dagen. "Hver dag går bananen min dårlig. Jeg kan ikke forstå det."Brunsky tenkte nøye med et blikk av intens bekymring for vennenes problem. "Hvor legger du bananen når du bring den i morgen? " Vel, her på pulten min", kom svaret. "Rett i lyset?" Brunsky spurte. "Yeah", svarte Chuck. "Vel, der er problemet ditt". "Hva?" "Du setter bananen rett under de blomstrende lysene", erklærte Brunsky autoritativt. "Hva snakker du om?" Chuck tryglet. "Jeg forteller deg hva; Jeg kan ikke tro at du ikke visste det. La oss spørre Sandy."

Brunsky brakte Sandy over og prøvde å forklare om bananproblemet. "Hva i helvete spør du meg om en jævla banan? We fikk rakettmotorer til å bygge", utbrøt Sandy som om han leste fra et godt innøvd manus. Brunsky forklarte at dette var et viktig problem for hans venn Chuck. Etter at situasjonen ble forklart i detalj, spurte Sandy: "Var bananen underflo-rescent lysene?" Chuck svarte ydmykt: "Ja". "Hva i helvete ventet du deg?" Sandy svarte. " Det er den forbannede resonansfrekvensen til disse gamle blomstrende armaturene som gjør det. Jeg er overrasket over at du ikke visste det," sa Sandy mens han kikket intensjonelt på Chuck. Brunsky brøt nesten et glis, som selvfølgelig ville være kardinalsynden for den erfarne praktiske jokeren.

"Jeg husker at jeg hørte noe om det", skrøt Chuck. På det måtte Brunsky gå ut av avlukket på påskudd av å måtte hoste. Han faked en hoste, klemte seg selv, inneholdt en latter, og gikk tilbake til Chucks avlukke stein ansikt. Han frydet seg for seg selv, gossamertrådene ble spunnet usynlig rundt sitt intetanende byttedyr. Sandy sto stille da Chuck fortsatte: "Ja, jeg husker at jeg hørte det for en tid siden, men jeg må ha glemt det. Kanskje hvis jeg legger bananen i skrivebordsskuffen, vil det være greit. "Nei, det vil ikke gjøre det Chuck", svarte Sandy hjelpsomt, "den forbannede frekvensen vil gå rett gjennom metallet". "Selvfølgelig," sa Chuck, "hva skal jeg gjøre?" Dette var åpningen brunskij hadde drømt om. " Jeg har hørt at tre er den beste beskyttelsen for en banan. Hva tror du Sandy?" "Yeah", sa Sandy, "en god massivt trekasse ville være best. Ikke noe av den furu shit heller". "La meg se hva jeg kan gjøre", fulgte Brunsky på stikkordet; "JT skylder meg en tjeneste. La meg se hva jeg kan gjøre for deg Chuck ol'buddy". "Yeah, gamlevenn", Sandy kunne ikke motstå en siste ribbing.

Jeg kom opp på kontoret akkurat i tide til å se Sandy med sin utstrakte hånd mot Brunsky med fingrene åpnet bredt, og Brunskys brede øye utseende av forræderi stirrer tilbake. Da jeg forlot kontoret hørte jeg et dempet rop: "Jesus Kristus!", ogn da jeg begynte å gå ned trappen, hørte jeg svakt: "Koppee?"

JT var en høylytt portugisisk snekker fra Hawaii. Han hadde en merkelig aksent som var en blanding av begge dialektene, men det som skilte ham fra hverandre var det store volumet av talen hans. Alle visste at JT var i bygningen så snart han kom inn. Han ville tiltre den første uforsiktige innbyggeren som han kom over med noe sånt som: "Hvor har du vært? Jeg trodde du skulle besøke meg i snekkerens butikk. Faen, jeg kan ikke stole på noen! Han snakket alltid på fullt volum, slik at selv i andre etasje bak lukkede dører visste alle at JT var i bygningen.

Som vedlikeholdssnekker hadde ikke JT ofte en sjanse til å vise sin sanne ferdighet med tre. Han hadde blitt trent i den gamle verden som kabinettmaker, så da Brunsky forklarte om bananboksen til JT, var han mer enn villig til å bygge boksen, ikke bare for å vise sin dyktighet, men også å være en del av en godt utformet praktisk vits, som var uimotståelig for alle håndverkere.

JT bygde en vakker mahoghvilken som helst boks med mytede hjørner, avrundede kanter og et tettsittende innfelt lokk som snappet på plass uten behov for lås. Det var en jevn fingertrekk som var rutert ut langs den nederste kanten av lokket, og de polerte messinghengslene ble satt inn i det glatte rike treet. Det kunne lett ha vært bestemt til å være en fin portugisisk smykker eller musikkboks.

Det ble deretter gitt til maleren Bert. Bert var svart, i hvert fall i kultur og manerer, men han var knapt svart. Huden hans var lett og han hadde freckles. Håret hans var tett krøllet, men det var greit. Han ville være misunnelig på mange surfere med permed bushy bon frisyrer. Bert var kul. Nei, Bert var selve symbolet på kult. Han ble bløt talt, ble aldri begeistret og lo sjelden. Hvis han lo, var det stille og tilbakeholden. Han var glatt. Han snakket glatt og gikk glatt. Jeg likte å stikke innom malingsbutikken og høre på jazzen han spilte på stereoanlegget sitt. Han snakket om hvem som spilte med hvem i løpet av hvilket år og om den musikalske expression av tiden.

I likhet med JT hadde han sjelden muligheten til å vise sin dyktighet som maler. Bert var kunstner. Den utsøkte boksen som JT hadde betrodd ham, ble hans kunsts kjøretøy. Han skrev i en flytende kalligrafi 'banan' i skoggrønn shadowed med gul på toppen av boksen. Deretter lakkerte han esken flere ganger med en lett stålull som buffet mellom strøkene. Resultatet var en utsøkt dyp skinnende glans på finkornet mahogni.

Da dagen endelig kom til presentasjonen av esken til Chuck, begynte folk å frese rundt på kontoret på alle slags unnskyldninger for å være der. Nesten alle i vedlikeholdsavdelingen var med på vitsen bortsett fra de som ikke kunne stole på å opprettholde vedlikeholdskoden for stillhet. De som ikke hadde blitt gjort kjent med hemmeligheten, ble forvirret av menigheten som samlet seg. Det var en hysj, og så hvisket noen "De kommer!

JT kom opp trappen med esken etterfulgt av Bert. Da de kom inn io ffice-området, flyttet samlingen til side og åpnet en sti til Chucks skrivebord. Det var en ærbødig stillhet bortsett fra da en gispe ble hørt da boksen ble sett for første gang av mengden. Paret tok seg til Chucks skrivebord og ga esken til Brunsky som ventet spent der. Chuck var like forvirret som noen den morgenen, men inntil da skjønte han ikke at han var i fokus for den uvanlige saksgangen. Han var fullstendig forvirret da han så på Brunsky som holdt den vakre boksen.

"Chuck", Begynte Brunsky , "Vi bygde denne boksen for deg å holde bananene dine inne. JT og Bert lagde dette, men det er fra oss alle" Brunsky hadde giddiness inne i magen da han forberedte seg på de uunngåelige guffaws og snide kommentarer som var sikker på å følge fra crowd. Til hans overraskelse var det ikke spor av hån som kom fra horden. Et øyeblikks triumf hadde blitt stjålet av den usynlige kraften av medfølelse. Alle sto og så vennlig på Chuck og ventet på hans svar.

Chuck holdt esken i hendene, opened og lukket lokket noen ganger føler den perfekte passform og finish av gaven. Følelser overvant ham. Øynene hans ble godt opp, han så opp på alle de vennlige øynene som stirret på ham, og han hvisket: "Takk", så gjentok han: "Takk". Han stirret ned på den vakre nåtiden da folk begynte å dissemblere. En etter en gjennom dagen kom medarbeidere innom for å beundre gaven. Chuck hadde kjærlig plassert sin uberørte banan i esken den dagen, og sikkert nok hadde den beholdt sin friskhet. Han la den på den øvre hyllen på skrivebordet sitt ved siden av midtgangen slik at han kunne fortsette å jobbe da bananboksen ble beundret på dagene som fulgte. Han hadde aldri vært så populær.

Etter hvert som dagene og ukene gikk, ble bananboksen et samtaleemne på butikkgulvet. De som jobbet med verktøy aksepterte at det var en godt utformet og utført praktisk vits som ville være vanskelig å bedre. Da Brunsky gikk gjennom butikken ble han møtt med misunnelige bølger og smil. Ingen kunne forstå hvorfor han så ut til å være så distrahert.

Historien om bananboksen kom også inn i frontkontorene der direktørene, visepresidentene og rikt antrukket sekretærer hadde sine kontorer. Vi kalte disse kontorene "mahogny row". Selv om ideen om atboksen hadde vært en del av en forseggjort praktisk vits ble diskutert, var ikke lederne på høyt nivå så sikre. De ville autoritativt diskutere alternative muligheter for bortfallet av bananen i et kontormiljø med sine Barbie dukkesekretærer som ville se opp beundringsnde på sjefene sine og være helt enige. "Ja", ble det hørt en driftsdirektør som sa: "Det er på tide at vi tar inn ingeniøravdelingen for å se på dette bananfenomenet".

Det var en strøm av ledere og ingeniører somikke meldte seg på Chuck Neistroys kontor for å se på boksen og stille gjennomtenkte spørsmål som kan hjelpe i etterforskningen. Chuck var bare for glad for å svare på spørsmål, men en ting var sikkert sant, bananene holdt seg friske inne i esken. Elektroingeniørene hørte om den florescerende frekvensteorien, men de kom til enighet om at det var mer sannsynlig på grunn av harmonikken som ble produsert av høyhastighets kraftbrytere som matet de variable frekvensomformerne for spindelmotorene på maskinverktøyene. De forsto godt 3rd og 5th frekvens harmonikk som kom inn i strømnettet, men 7^{og} 9th frekvens harmoniske forstyrrelser ble mindre forstått. De rapporterte tilbake til regissøren at ytterligere study absolutt var berettiget, og at direktøren hadde vært veldig

flink til å etablere sannheten i problemet. Sekretærene var alle
veldig imponerte.

Det ble ryktet at livsvitenskapsavdelingen ved Kennedy
Space Center hadde blitt kontaktet, ogth ey var bekymret for at hvis
noe skadet bananer, var det en mulighet for at det kunne påvirke
mennesker, uansett hva det var. Bananen kan sannsynligvis være
lik kanarifuglen i kullgruvene. Direktøren i Rocketdyne hadde fått
forsikringer fra en direktør ved KSC om at de ville samarbeide på
alle måter de kunne. "Vi må komme til bunns i denne banangreia",
ble han hørt å si.

I mellomtiden ble Chuck en kjendis. Han ble innkalt til
møter for å spørre sine råd om ulike temaer. Det var ikke uvanlig å
høre noen lene seg over til kollegaen sin og hviske: "Neistroy er
ingeniøren som formulerte et mottiltak for bananfenomenet".
Mange andre hadde lagt merke til at bananene deres også hadde
blitt mystisk påvirket av office-miljøet. Det ble allment antatt at
Chuck ville bli trukket ut av vedlikehold til en utviklingsteknisk
avdeling hvor hans åpenbare talenter kunne brukes bedre. Den en
gang saktmodige ingeniøren som gikk ned og unngikk noens eye var
nå selvsikker og selvsikker. Han kalte regissører og visepresidenter
ved deres fornavn og spurte hvordan deres koner og barn var da
han passerte dem i gangene.

Alt dette hadde blitt for mye for Brunsky. Han betrodde seg
til Sandy en dag at hanikke forsto hvordan alt hadde gått så galt.
Sandy svarte: "Det kan være noe med dette, vet du. Kanskje vi
snublet over noe her. Det er toppforskere og ingeniører som jobber
med dette bananproblemet. Hvem er vi til å si at noe ikke skjer?
Sandy furlet pannen og så intensjonelt inn i Brunskys øyne.Hva i

helvete snakker du om? Har alle blitt gale? Du vet godt hva som skjedde. Hva slags dritt prøver du å gi meg mat? Jeg kommer til å bli gal, jeg sverger tilGud." Han stormet ut av Sandys kontor i raseri.

Dagen etter bestemte han seg. Jeg skal fortelle Chuck hele greia. Jeg skal fortelle ham at det bare var en spøk. Dette har pågått lenge nok. Han gikk bort til Chucks skrivebord. Chuck så opp medglede på ham. "Chuck", Begynte Brunsky , "Jeg har noe å fortelle deg. Det var en vits. Det var bare en vits."

"Hva var det?" Chuck svarte og stirret tilbake med store tillitsfull øyne. Brunsky så på ham, nølte og sa: "Jeg skulle legge litt gelé på skrivebordetditt slik at du kunne få det på hendene. Du kjenner meg, alltid med de praktiske vitsene." Brunsky visste at han aldri ville være i stand til å fortelle Chuck sannheten nå.

"Du er en sånn guttunge. Vil du spise lunsj på det nye meksikanske stedet i dag? Min godbit." "Sure", svarte Brunsky, "Vi ses senere."

Da han gikk morosely av Sandys avlukke så han inn for å se Sandy se tilbake på ham med et merkelig glis i ansiktet. Sandy, hva gliser han om? Brunsky satt ved skrivebordet sitt. Han begynte å løpe altgjennom sinnet en gang til. Planen; det var perfekt. Henrettelsen: det var perfekt. Hvor hadde alt gått galt? Ting hadde fungert bra for Chuck, og han var glad for det, men hva hadde skjedd? Så er det den fordømte Sandy. Plutselig, som om et lyn hadde gått av i hodet hans, var alt klart. Dette hadde vært den største praktiske vitsen gjennom tidene. Jeg lurte Chuck, men det var ingenting. Jeg lurte depre-Madonna's på mahogny rad med sine store kontorer, opprørende lønninger, og pene sekretærer. Jeg har en over stor tid på de NASA-ingeniørene som tror at de er så smarte. Jeg tok en av på hele Rocketdyne. Jeg er verdens konge, han skrøt. Hele mitt liv har ført opp til dette punktet, tenkte han; Jeg er ethøydepunkt i karrieren min. Han trodde dessverre at han aldri ville være i stand til å toppe dette øyeblikket. Så tenkte han igjen på Sandy. Hva smilte han om?

Han gikk tilbake til Sandys rotete avlukke for å se Sandy skrape føttene på det slitte teppet ens han hakket bort ved datamaskinen. Sandy så opp; så gløden på Brunskys ansikt, og lyset i øynene hans. Han visste at Brunsky endelig hadde tatt igjen. Han så opp på ham med et glis som strakte seg fra øre til øre. "Du overbelastet lavt liv skunk", Brunsky mumlet.

Fra Brunskyvar dette sannsynligvis det fineste komplimentet som noen noensinne hadde betalt til Sandy. Hans glis strakte seg enda bredere, til ansiktet hans begynte å gjøre vondt. Brunsky hadde på samme måte brutt ut i et grotesk glis. For noen tidløse moments de to grimaced på hverandre som et par berusede aper. Og så skjedde det. Det startet fra dypt inne i tarmene og sakte kom seg opp i brystene som en vulkan klar til å bryte ut. Samtidig eksploderte begge i en full force mage latter som skremte de andre på kontoret. De lo så hardt at tårene rullet ned ansiktene deres og de doblet seg. Da de prøvde å gjenvinne fatningene sine, ville den ene se på den andre, og de ville starte på nytt. Resten av kontorbeboerne kom seg dit de to var i ukontrollerbar hysterikk, og begynte å fnise også. Latteren deres var så smittsom at folk på den andre siden av kontoret lo, men de hadde ingen anelse omhva.

Til slutt, da Sandy og Brunsky fysisk ikke kunne le lenger, tok de vev, tørket øynene og blåste nesen. Sandy prompet

triumferende. Han så opp på Brunsky, slo hodet og spurte:
"Koppee?"

Chuck hadde vært vitne til utbruddet. Han uttrykte også fornøyelse. Han brydde seg ikke om hva de lo av, han var glad for å se vennene sine ha det gøy. Han strakte seg over, åpnet bananboksen, tok ut en perfekt banan, skrelte den tilbake i tre ensartede strimler og tok en bit. Ja, tenkte han, bananene smakte til og med bedre etter å ha vært i bananboksen.

9 798843 788537